我係邪惡HR 2 成魔之路

HR 小薯蓉 著

非凡出版

推薦序

「HR 小薯蓉」,一個很特別的筆名,我是在一個機緣巧合的情況下認識他的。事緣年初要替一間企業擔任業務發展顧問,需要策劃如何將他們的培訓遊戲課程有效地推介給企業的 HR 朋友,如此就認識了小薯蓉。

原來小薯蓉已經在 HR 界打滾了 10 多年,怪不得他在「HR 小薯蓉」專頁的分享那麼貼地,令本身不是 HR 的我更深入了解 HR 的工作苦與樂以及他們的需要。除了 Facebook 專頁,小薯蓉也成立了一個 HR 社群:MP HR Community,專門為 HR 朋友提供有用的文章及資訊。

我本身是一個閱讀愛好者,也創立了「品書棧」及「閱讀聚變」的閱讀平台。閱讀不同書本,可以讓我們思考、反思以及借助作者的智慧,再加上自己的實際經驗,從而找到新的啟發。在本書中,小薯蓉描寫了好些辦公室情景,若你是任職 HR 的讀者,即會會心微笑。

今天,HR 在企業裏所擔當的角色越來越重要,他們所需要的知識範圍也很廣泛,如要計糧、安排培訓、招聘、調解及薪酬管理等等,他們所要做的工作,應該還有很多很多。

說實話,小薯蓉的著作非常生活化,也很貼地,容易引起 HR 圈的共鳴,怪不得小薯蓉的專頁能聚集近二萬個 fans!

本書非常容易閱讀，具實用性及趣味性，並沒有艱深詞彙。你只需用上 2-3 個小時就可閱畢！如果你有幾個 HR 同事的話，可以共讀這本書，彼此分享一些讀後感及啟發的點子。

　　今次小薯蓉在這本書加入了更多 HR 要認識的條例和相關故事，希望 HR 與求職者都可以知多一點點。此外也延續了第一集的寫作風格，有趣得來，還可藉此參考作者多年的 HR 工作經驗。

　　最後，不論你是否從事 HR 工作，我都建議你閱讀本書，你很有可能在書中獲得一兩個點子。如果你是老闆，我更要鼓勵你去讀，因為你也可以從中更多地了解你手下的工作，畢竟公司成功與否，很大程度都是關乎人——只要你更了解 HR 的工作、給予更多支持及鼓勵，對於企業發展實在非常有幫助和重要。

江振聲 Kenneth
企業業務發展顧問
智慧養生薈共同創辦人
閱讀聚變創辦人
品書棧共同創辦人
mylivingair 業務發展總監

自序

　　唔經唔覺建立「HR 小薯蓉」呢個 Page 已經有 3 年，以前啲人可能覺得 HR 好神秘，唔知畀我搞下搞下，會唔會已經少咗幾分神秘感呢？如果係就好喇，其實 HR 又唔係霍格華茲魔法部，太神秘反而令唔少人對 HR 產生誤解，而誤解又會影響合作性，無論喺招聘或企業運作層面都弊多於利。

　　可能因為 HR 好多時都需要同高層打交道，同時又接觸好多機密資料，好似好多嘢都唔見得光。但其實除咗啲重要資料唔可以見光，好多嘢都唔係咁秘密，個人認為今時今日嘅 HR 係可以多啲走出房門口、多接觸同事、聆聽多啲嘅意見、同大家溝通多啲，先至唔會畀人離晒地嘅感覺。

　　講返本書，好多網友睇完上一集《我係邪惡 HR》之後都話好好笑、學到嘢。最令我感動嘅係有大企業 HR 高層同我講，佢推介咗本書畀大學嘅 mentee 睇，因為可以畀佢哋好貼地咁了解到 HR 嘅實際工作。呢啲都係好大嘅鼓勵，亦符合到我當初寫書嘅原意——希望大家笑完之後有嘢帶得走。今次《我係邪惡 HR 2 之成魔之路》，我會沿用上一本書嘅風格，講下成為 HR 嘅路途中會遇上嘅種種經歷同難題。

　　好多作者喺推出第二集時，可能會諗好多唔同嘅改變，老老實實，呢一集我喺表達方式同內容類型嘅改動唔算太大，以避免風格不似預期，但要睇總要買嘅慘況。不過今次喺故事選材上會花多

咗心思，第一章我特別選擇咗一啲同 HR 需要認識嘅條例有關嘅小故事——作為求職者，你會更明白自己嘅權益；作為 HR，你亦都會睇到值得參考嘅地方。第二章及第三章會分享招聘及日常工作中 HR 的經歷，而第四章會講下成為「邪惡」HR 要留意嘅事。

　　喺推出《我係邪惡 HR》之後呢一年間，我一直都思考緊自己點樣可以為呢一個行業做得更多，所以我喺今年年頭成立咗 MP HR Community，為貼地工作嘅 HR 提供更多資訊及講座。亦都好多謝各位嘅支持，推出後短時間內已經有近千位嚟自各大企業嘅同行朋友登記。喺完成呢本書後，我會投入更多時間喺 MP HR Community 入面，希望可以繼續幫助到一直努力貼地工作嘅大家。

HR 小薯蓉

2018 年 10 月

MP HR Community 連結

目 錄

2　　　推薦序

4　　　自序

CHAPTER 1

入門魔法

10　　HR 的山盟海誓

13　　HR 人生最重要的兩個數字

17　　別將炒人看得太簡單

22　　MPF 同勞工法例係兩件事

27　　幾億身家的 OA

31　　唔好歧視算命師傅

35　　Warning 不用分得那麼細？

40　　辭職去讀書？當我冇講過啦！

44　　當簽證不是用來入境

CHAPTER 2

踏上招聘的無盡旅途

50　　CV 背面原來係咁用嘅

54　　智能 CV 降臨

57　　紅色三倍速，遊走 Reception

61　　好男人見工記

65　　進擊的外國人

68　　李老闆嚟玩工

71　　尖銳的招聘會

74　　HR 顧問也要有 HR sense

78　　HR 的 cold call 生涯

81　　工都係留返清明先見啦

CHAPTER 3

存活於風暴中心的薯蓉

86　通知期？有冇價講先？

91　暑期實「雜」生的惡夢

95　我是慷慨至尊寶

99　想慳錢？搞 HR 啦！

104　你哋 HR 嚟㗎喎！

108　老細你講少句當幫忙

112　老細你都係收手啦

116　交人名單的荒謬

120　HR 的颱風日常

CHAPTER 4

成魔之道

124　HR 的同理心

128　HR 以身作則是常識吧

132　HR 失業做咩好？

135　4 種 HR 會遇上嘅老細

139　甚麼是 HR Business Partner？

141　HR 等於 CS？！

144　唔專業嘅 HR 係可以害人一世

149　後記

1

入門魔法

要喺 HR 呢個世界生存，

魔法嘅嘢你絕對唔可以

只識條毛

HR 的山盟海誓

呢篇係每一個 HR 入行前都要宣讀嘅誓詞。你真係想成為一個專業嘅邪惡 HR?你諗清楚未?因為當你宣讀呢篇誓詞後,你就返唔到轉頭,呢世無論貧窮、疾病、困苦、畀老細捽、畀求職者鬧、食死 Hello Kitty、出錯糧、晚晚 OT……都要守住裏面嘅承諾——我講完都覺得毒,你自己諗清楚係咪要讀。Any 肥,如果雙方家長都準備好,我哋就開始啦。

我(你個名)願意賣身成為邪惡組織 HR 嘅一份子,我用最真誠及邪惡的心,迎接 HR 進入我的生命,使我們二合為一,成為一體。我會成為惡魔的器皿,依照他的指示完成邪惡任務。當現今職場充滿壓力,老細又如此難捉摸之時,我都決定將靈魂獻給組織。無論經歷 OT 無補水、假日返工冇補假、加薪冇我份的試煉,我都將承諾遵從邪惡 HR 的專業六箴言:

一. 不漏口

無論我喺 P-file、求職信、HRIS(Human Resources Information System)睇到啲咩;喺老細口中、求職者口中聽到啲咩,只要係機密資料,我都將之視為守護一世的 MiMi。無論見到啲人工幾唔 make sense、幾唔公平,我承諾我只會將不公平強忍心中、咬自己手指腳指發洩,都絕不將資料洩露半句。

二. 不犯罪

我在此宣誓向香港法例第 57 章僱傭條例及與 HR 有關之所有條例效忠，418+713 年後我心仍不會變。我將視保障員工利益為我天職，無論老細幾想犯罪，佢如何威脅我的身體及生命，我都有責任提點佢、警告佢，絕不會與老細同流合污淪為罪犯，以示對有關條例之忠誠。同時，我亦有保障公司利益嘅責任，遇上明明唔識扮識嘅無識之士，我會由得佢哋跳出嚟爛，然後華麗轉身再 KO 佢。

三. 不分晝夜

若我被委派負責 payroll，由那一個 moment 開始，我明白我和 payroll 的生命就連繫在一起，全公司同事份糧與我亦連繫在一起。從此以後，我將與 payroll 分享我的生命，office 是我的家，數字是我的食糧。任何差錯將可能影響無數家庭幸福，所以我必須以最細的心、最高的速，準時完成並交上我的 payroll。

四. 不發脾氣

面對見工奇行種之怪行、同事無理之挑釁、老細不公嘅加薪決定、部門主管擺我上台以至呀媽話我唔返屋企食飯，我都必須保持鎮定，並有效地控制面部肌肉、不發脾氣、不爆粗、不打爆人個頭。我誓將提升我的 EQ 至 Lv.99，無懼任何人挑機，以保持 HR 整個行業及公司的專業形象。

五. 不犯規

我明白 HR 為訂立及發佈守則之地，規矩我唔守冇人守、就

算我守咗都一樣冇人守，但我都必須通通遵守到底。無論守則幾唔 update、幾唔公平、人哋食飯食多我一粒鐘、下午有得去 high tea，我們都不能葡萄半分。藉着老細給我們的恩典，我們必須盡力向老細爭取，以改善守則造福人群。

六．不比較

比較是痛苦、比較是罪惡的。我雖然清楚看到很多不公平、不理性的 offer，但我必須告訴自己這是現實世界的一部分，就如同港鐵不會減價一樣。當我進入 HR 的世界，擁有知道事實的神聖權利，我必須接受現實，並建立見到葡萄都唔想食嘅心理狀態。

我生為 HR 人，死為 HR 鬼，我謹守以上所有誓言，在此滴血起誓，承諾一生一世，遵守到底，直至天荒地老流連在摩天輪。

HR 人生最重要的兩個數字

　　如果有同事炒股票，想問我要兩個冧巴，毫無疑問我會畀兩個我人生覺得最重要嘅數字佢，就係 418 同 713。持有呢兩個股票編號嘅公司我唔識，但如果 HR 唔識呢兩個冧巴係咩意思就好大鑊，好有需要再培訓。

傳說中的 418*

　　如果要形容 418 呢個傳奇數字對 HR 嘅重要性，我諗就好似空氣同水一樣，係生命嘅泉源、戀愛嘅種子。相信做 HR 嘅大家應該知道佢係乜，但如果你唔係做 HR，我喺度簡單介紹下 418 嘅意思。

　　418 係受香港僱傭條例下，構成連續性合約嘅基本條件。喺香港，只要你為同一個僱主工作連續 4 星期或以上，而每星期最少工作 18 個鐘，咁你就會被視為「連續性合約」受僱，可以享有更多權益，例如休息日、有薪年假、疾病津貼、遣散費及長期服務金等。

　　聽落呢個概念就係咁簡單，但唔知點解當要解釋畀其他部門同事聽，佢哋總係聽唔明。

　　喺某啲情況下，公司會聘請一啲工時唔係太長嘅兼職同事，佢

哋嘅工作時間好多時都未必需要超過 418。

「是咁的，老細批咗你哋請兩個 part-time，不過返工時間有限制，所要你之後要睇住啲 part-time 同事嘅工作時間。」

我講話嘅對象係負責管理前線薯蓉店面嘅主管，佢叫 SOS Wong，因為佢日日都叫救命話唔夠人，所以我叫佢做 SOS。

「哇！我真係好滾動，終於有 part-time，要限制時間？冇問題啦！有都好過冇啦，救命呀。」

於是我好詳細又好細心咁解釋咗上面所講嘅 418 概念畀佢聽。

「明唔明呀？」

「明明明！救命呀，快啲幫我請 part-time 返嚟啦。」

隔咗一星期就幫佢搵到兩個 part-time 返工，我不厭其煩咁再提醒 SOS Wong：

「睇住 418 呀。」

「知喇！冇問題啦！救命呀，我要快啲教佢哋做嘢。」

之後我仲好好心咁 send 咗個電郵畀佢，notes 都畀埋，今次實冇死啦。

我係那惡HR之成魔之路

如是者過咗兩個星期，我哋收到 SOS Wong 安排 part-time 同事嘅返工時間表，每星期都做超過 18 個鐘，不過因為未到 4 星期，所以我哋再提醒下 SOS。

「喂，睇住 418，下兩星期唔可以每星期都做 18 個鐘。」

「得喇！救命呀，唔好咁長氣。」

結果呢，過咗兩星期後收到個工作時間表，結果都係超過 18 個鐘，正式超過 418……

「救命呀！點解你又畀佢哋做超過 18 個鐘呀？」

「你救咩命呀？唔夠人用我先叫救命呀。太忙喇我都唔知你 184 講乜。」

叫救命嗰個應該係我……

近代嘅 713#

至於 713，呢個數字可能複雜少少，先講下點解叫 713，係因為《2007 僱傭（修訂）條例》係喺 7 月 13 日生效。都唔知邊個決定咁樣叫，唔知點解咁鍾情 3 個數字嘅簡稱。

話說喺 2007 年之前，公司計算假日薪酬、年假薪酬、疾病津

貼、產假、侍產假、年終酬金、代通知金等等有關法定權益都各有各計法，有啲公司計算嘅時候只係計底薪。

勞工處喺 2007 為咗確保員工嘅權益，決定所有被界定為「工資」嘅部分，包括佣金、津貼等，喺計算上述法定權益嘅時候都要用僱員過去 12 個月平均工資計算。

2007 年實施之前，HR 界風起雲湧，周圍都好多公司舉辦 713 講座，HR system 公司鬥快更新系統。由於計算頗為複雜，正式實施嘅時候可謂係 HR 嘅惡夢。

到咗 10 幾年後嘅今日，大部分系統都可以應付到呢條條例，但仍然間唔中聽到啲公司冇跟 713 計算嘅新聞。雖然公司好可能係會因為呢條條例畀多咗錢，但既然條法例都訂立咗，大家都要接受現實。713 已經同 418 一樣，都好似空氣同水咁，係生命嘅泉源、戀愛嘅種子。

* 有關 418 詳細資料，可參考勞工處網頁僱傭條例簡明指南第一章

有關 713 詳細資料，可參考勞工處網頁僱傭條例簡明指南附錄一

別將炒人
看得太簡單

呢朝一早返到薯仔公司，咬住個包一打開 E-mail 就見到一個未睇都知係非常不祥嘅 E-mail。E-mail 嘅標題係：Request to terminate XXX，發件人係運薯部主管蘇周先生。打開個 E-mail 一睇，保守估計都有幾百字，我淨係睇啲字都感覺到一股殺氣。

呢個 E-mail 嘅內容大概係講蘇周先生嘅下屬魷魚先生喺一次運薯任務中遲到，而喺運薯嘅途中又遇到大塞車，結果遲咗兩個鐘先將貨物運到目的地。好衰唔衰，魷魚先生喺返公司嘅途中差啲炒車，繼而同另一個司機起爭執，結果人哋直接向薯仔公司投訴。蘇周先生知道之後大發雷霆，召咗魷魚先生入房檢查下個肺。喺檢查嘅過程中，魷魚先生對於遲到表示十分抱歉，至於爭執嗰度，魷魚先生就話係對方開得太快，而投訴人就話魷魚先生強行爬頭，雙方各執一詞。

根據我事後嘅了解同整理，運薯主管蘇周先生同魷魚先生當時嘅對話內容大概應該係咁：

「你而家揸緊公司架車呀，撞咗車公司要花錢整車都事小，如果傷到人就好大鑊。你不嬲駕駛態度都有問題㗎喇，你咁樣會影響公司聲譽你知唔知？」

相信應該係「駕駛態度有問題」呢幾個字辣着咗魷魚先生，變身成燒魷魚先生……

「乜嘢叫我不嬲駕駛態度有問題呀？我幾時有問題呀？」

之後應該係一輪口角加大量助語詞嘅對話，由於兒童不宜嘅關係我就 Skip 咗佢喇。

最後憤怒嘅蘇周先生忍唔住掉咗句超必出嚟：

「得啦，咁你聽日唔使返工喇，我而家炒你！」

「你即時炒我？你憑咩即炒我？炒我你賠錢呀？」

「我會叫人事部唔好賠畀你！」

火係會遮眼，而且會令人失去理智亂出超必。其實我好想同蘇周先生講，作為一個主管，你出超必之前係咪應該停一停諗一諗？我哋係咪真係可以話炒就炒，而且可以咩都唔賠畀人？佢喺 E-mail 最後真係寫咗句，要求公司咩都唔好賠畀燒魷魚先生。

由於佢哋之間嘅爭執係發生喺放工時間後，所以我哋 HR 第二日先知道發生咗件咁嘅事。我睇完個電郵就入房搵皇呀姐傾咗幾句，根據返有關僱傭條例*，大家都覺得呢個情況我哋好難即炒乜都唔賠。

我係那惡HR @ 成魔之路

然後呢 pat 由蘇周先生帶來嘅蘇州便便，就由我呢 pat 薯蓉去清理。我首先打咗個電話畀蘇周先生同佢解釋返個情況。

　　「我哋今次唔可以咩都唔賠，如果真係要佢走，你部門就要找數賠返一個月代通知金。又或者你可以考慮出封警告信，今次警告咗魷魚先生先。」

　　雖然蘇周先生嘈咗幾句，但最後考慮清楚，都係選擇咗出一封警告信先。

　　然後我就再打咗個電話畀被「炒」嘅魷魚先生補返隻鑊：

　　「魷生，你可以照常開工，公司唔會炒你。」

　　魷魚先生當然唔會放過呢個寸我嘅機會：

　　「吓？又唔炒喇？尋日又話炒我嘅？咁兒戲嘅？」

　　「係呀，我哋唔會炒你，但就會出一封警告信畀你。」

　　「吓？但係蘇周先生話炒我咩都唔賠㗎。」

　　相信魷魚先生都好清楚自己嘅權利，知道如果我哋炒佢就一定要賠錢畀佢。於是我話：

結果魷魚先生繼續返工，不過我諗佢都好明白「放過你是放過自己」這個道理。後嚟佢做多咗一個月之後，就決定辭職離開薯仔公司，表示唔想再對住蘇周先生。

留意返

　　根據僱傭條例，僱主只可以喺以下情況，先可以唔畀通知或賠償代通知金即時解僱僱員：

1. 故意不服從僱主合法而又合理的命令；

2. 行為不當；

3. 犯有欺詐或不忠實行為；或

4. 慣常疏忽職責

　　僱主必須了解，即時解僱係終極嘅嚴重紀律處分，只有喺員工犯咗非常嚴重嘅過失或經多次警告仍然冇改善先可以採用的。#

嚴正呼籲：老細你哋亂講嘢前，唔該問咗 HR 先，以免造成不必要嘅蘇州便便。多謝合作。

*# 參考資料：僱傭條例簡
明指南第 9 章，詳細資
料請參考勞工處
網頁

MPF 同勞工法例係兩件事

喺一個風和日麗嘅早上，我望住藍天白雲，燦爛嘅陽光，但一啲都唔覺得熱，仲有少少凍。我喺沖繩嘅沙灘拎住支冰凍嘅早午晚後の紅茶漫步，呢個時候有一個貌似結衣BB嘅日本妹向我跑過嚟，佢喺我面前突然停下腳步，望住我露出同陽光一樣燦爛嘅笑容。當佢正想開口同我講 "You are my sunshine～" 嘅時候，我電話個whatsapp 突然響起嚟⋯⋯

我張開眼睛，只見我身處港鐵，有一位年齡估計約 50 歲嘅女士，一身少女打扮從港鐵車門衝入嚟，佢企喺我前面露出陰森嘅笑容。好明顯我係患上咗假期後返工障礙症後群，患者會以為自己仲放緊假，間唔中陷入幻想不能自拔。望住眼前呢位中年少女，我成個人醒晒，好彩我冇發開口夢講 "You are my sunshine～"。

時間係 8:15am，睇返個 whatsapp，原來係薯格部主管嘈格 send 嚟嘅短訊。嘈格主管因為出咗名少少嘢都嘈，所以我幫佢命名為嘈格。佢 send 畀我嘅短訊內容係咁樣的：

「喂～放完假玩得開唔開心？我有個同事因為少少嘢嘈咗我幾日，有時間 call 我啦！」

一個少少嘢都嘈嘅人話有人因為少少嘢嘈佢，呢件事都幾有趣。不過呢嘈生，其實你返到公司先搵我咪得囉，唔使咁早走嚟整走我個結衣 BB。我係咁咦覆咗佢個 OK emoji，之後就繼續享受我剩餘嗰幾個字車程。

　　返到公司，我第一件事……梗係唔係打畀嘈格啦，據我估計嘈格嘅事唔會死得人嘅，喺我處理完更重要嘅工作之後，我就打電話畀嘈格。

　　「喂～嘈生，今朝咁急搵我咩事呀？」

　　「喂～咁遲先覆我，其實冇咩特別嘅……」

　　冇咩特別又咁早搵我……

　　「係咁嘅，記唔記得早兩個月返工個 part-time 同事 May 姐呀？」

　　「哦！記得呀，講嘢好大聲嗰個嘛。」

　　「係呀，佢煩咗我幾日，係咁問我做咩要逼佢填 MPF form 喎，你哋有冇解釋清楚畀佢聽㗎？」

　　「梗係有啦，我幫你打去同佢講啦。」

好記得 May 姐返工當日，我同佢解釋咗點解要填 MPF，不過唔知點解好多人朝早返工都好似左耳入右耳出咁，結果又要我哋解釋多次。

「喂～～～～～～～～」

一聽到把聲就知我冇打錯電話，May 姐真係大聲到一個點，隻耳仔一秒內喪失聽力 10%。

「我係之前同你簽約個 HR 呀，請問你係唔係對份 MPF 表格有啲疑問呀？」

「係呀～～～你哋做咩要我供 MPF 呀？我 part-time 嚟㗎！～～～」

為咗保護耳仔功能，防止職業性失聰，我已經將個電話離開耳仔 6-7 吋左右，但 May 姐嘅聲音依然十分清晰。

「我咪同你解釋咗囉，你係 part-time 公司都有責任幫你供 MPF，所以要填 form 囉。」

「咩呀？～～～我呢啲兼職嚟㗎～～～～一個月都搵唔到 $7,100 ～～～你係咪加我人工呀？」

May 姐睇嚟對 MPF 都有啲研究喎！

「哦，就算你搵唔夠 $7,100 一個月，公司都要幫你供 MPF 㗎，不過你自己就唔使供。」

「唔係喎～～～我一個禮拜先返得嗰兩日，418 都唔到啦！～～～唔使供 MPF 㗎薯先生。」

一個看似平凡嘅師奶，竟然會講到 418，睇嚟真係唔可以睇小。

「唔係咁㗎，MPF 同勞工法例係兩樣嘢嚟，無論過唔過 418，你做滿咗 60 日，公司都有責任幫你供 MPF 㗎。」

「吓？！～～～乜咁樣㗎？即係一定要填份表呀？好鬼煩喎！～～～」

「係呀，你唔識填上嚟我教你填啦。」

「我唔見咗份表呀～～～你發過一份新嘅畀我啦～～～」

@&@&yxz……又唔見……我心裏面係咁同 Auntie say hi。

所謂高手在民間，睇唔出 May 姐一個師奶，竟然對 418 同 $7,100 都知道得咁清楚，真係少啲經驗都畀佢拋到。

我聽過好多朋友對呢方面都有誤解，以為唔過 418 即係唔受

勞工法例保障，唔受勞工法例保障即係唔使供 MPF。其實強積金唔係勞工法例嘅條文，所以 418 同需唔需要供強積金係冇關係的。

留意返

受強積金制度涵蓋的僱員和僱主均須定期向強積金計劃作出供款，雙方的供款額均為僱員有關入息的 5%，並受限於最低及最高有關入息水平。就月薪僱員而言，最低及最高有關入息水平分別為 $7,100 及 $30,000。

每月有關入息	僱主應付強制性供款額	僱員應付強制性供款額
低於 $7,100	有關入息 x 5%	毋須供款
$7,100 至 $30,000	有關入息 x 5%	有關入息 x 5%
高於 $30,000	$1,500	$1,500

資料來源：強制性公積金計劃管理局；詳細資料參考強制性公積金計劃管理局網頁

幾億身家 的 OA

　　社會上總有人出身比人好，細個嘅利事錢夠買幾層樓。佢地嘅機會比人多、選擇亦都比人多。不過就算有好嘅出身，都唔一定人人識得善用自己嘅機會、做合適嘅選擇。有時甚至可能會因為資源太多，自己都唔知自己做緊咩。

　　薯仔公司有一個非一般嘅 OA（Office Assitant，辦公室助理）同事叫吳彥達，無論談吐舉止佢都與眾不同。佢擁有一口吳彥祖口音嘅廣東話、吳彥祖般流利嘅英語、一身吳彥祖嘅衣着打扮，不過身形同外貌就有少少似吳孟達。佢已經喺薯仔公司服務作一段時間，聽講當年佢唔係經一般招聘程序入嚟，而係唔知邊個高層介紹嚟做嘅。

　　吳彥達每日都係揸跑車返工，手腕上一定帶住隻名錶。以一個OA 正常嘅收入當然冇可能過咁樣嘅生活，傳說中佢爸爸媽媽都好有錢，只係唔知點解要喺度做 OA。

　　有一日，人力資源部嚟咗一位新嘅女同事叫 Pizza S，身形嬌小，外貌可愛，不過性格就唔係人咁品。當吳彥達第一次見到 Pizza S 嘅時候已經對佢十分留意，甚至有一次佢因為偷望 Pizza S 撞咗落皇呀姐度，跌到成地文件。

喺之後嗰幾個月，吳彥達開始約 Pizza S 去食 Pizza，明眼人都知佢正在展開猛烈嘅追求攻勢。佢喺 HR Department 派文件、收文件嘅效率提升咗 200%，實際係借啲意搵 Pizza S 傾計。後嚟攻勢再進一步升級，佢對 Pizza S 大獻殷勤，又買朱古力又買公仔，又要揸跑車接佢放工。不過可惜嘅係，過咗 3 個月 Pizza S 都不為所動。Pizza S 同我哋講，佢對吳彥達一啲興趣都冇，而且開始覺得佢好煩。

Pizza S 同我哋分享，吳彥達自稱爸爸有幾億身家，自己做 OA 都係做住先（做住先都好似做咗 5 年），吸收下工作經驗，好快就要返去幫爸爸手（5 年 OA 經驗到底可以點樣打理生意？）。不過就算有幾億身家都吸引唔到 Pizza S，因為吳彥達嘅大獻殷勤，一早已經界女神 friend zone 咗。

吳彥達慢慢開始意識到自己被 friend zone，個心似乎越嚟越急，對女神嘅愛慕終於逼佢做出令人意想不到嘅行為。

有一次吳彥達又借啲意走嚟搵 Pizza S，但 Pizza S 份 payroll 啱啱改完又改，正處於火山頻臨爆發嘅狀態，吳彥達呢次真係嚟得唔着時。只見佢哋講唔夠兩句，Pizza S 就黑起面嚟，同佢講而家好忙叫佢快啲離開。不過吳彥達就企喺 Pizza S 隔離唔肯走，佢喺 Pizza S 耳邊講咗兩句，吳彥達隻右手突然有所動作，放咗喺 Pizza S 膊頭上移動咗兩下。吳彥達嘅說話同動作似乎觸動咗 Pizza S 底線，佢叫咗出嚟，然後同佢講：「你知唔知你咁樣可以係性騷擾呀？」

呢個時候成個 HR Department 嘅眼球已經畀佢哋吸引住，吳彥達呢下終於知驚，講咗聲唔好意思就逃離咗現場。呢件事仲驚動咗皇呀姐，佢問過 Pizza S 使唔使同佢傾傾，不過 Pizza S 冷靜咗落嚟之後就話算數，只要佢冇下次就唔會再追究。

呢件事之後，吳彥達就冇再搵 Pizza S，不過傳說就話佢無論戰事多悠長亦決心打到尾，死心不息咁話。聽講之後佢請啲同事去唱 K 時逼大家聽佢唱咗十次《命硬》，大家唯有祝佢哋二百年後在一起啦～

雖然最後我唔好意思問當時吳彥達喺 Pizza S 耳邊講咗啲咩，但其實我亦唔想知⋯⋯

留意返

根據性別歧視條例，一啲不受歡迎並涉及性嘅行為，例如說話同身體接觸都有可能構成性騷擾。由於僱主有責任消除工作間內嘅歧視，亦需要為僱員受僱期間所作的行為負責，同埋承擔法律責任，所以 HR 一定有責任訂立守則，並且好好教育同事、提供有關培訓，防止呢啲事情發生。*

＊性別歧視條例下，僱傭範疇的性騷擾，請參考平等機會委員會網頁，性別歧視條例僱傭實務守則 II, 6

唔好歧視算命師傅

唔好以為淨係 HR 先識僱傭相關條例，其實呢個世界臥虎藏龍，當你以為坐喺你面前其貌不揚嘅求職者，對於呢啲專業知識識條毛嘅時候，其實佢可能係仲熟過你嘅「專家」。「小心啲講嘢」係每位 HR 同事嘅座右銘，特別係負責做招聘嘅朋友，如果遇上「專家」，講錯一隻字、做錯一件事，都隨時墮入陷阱，大禍臨頭。

HR 新鮮人迪迪仔加入咗蕃茄公司只係半年左右，好多嘢佢都仲喺學習階段。迪迪仔雖然未開始做面試，但一有新同事返工，佢都會幫手簽合約，大大話話都簽過幾十人，一般關於合約嘅問題都難佢唔到。

不過講解合約嘅嘢好公式化，如果你簽過合約都知係講下人工、試用期、離職通知期或者公司守則嗰啲嘢。如果冇高手問啲比較難嘅問題，講解合約基本上係好簡單嘅差事。但呢次出現喺蕃茄公司嘅準新同事，似乎並唔係等閒之輩。

呢位準新同事叫黃師傅，聽講佢之前做過睇相算命，不過好似生意麻麻所以轉行，今次佢嚟蕃茄公司係做文件派遞。迪迪仔之前都見過黃師傅，仲畀佢贈咗兩句話佢行緊運咁話喎。

迪迪仔叫咗黃師傅入房，將合約拎出嚟叫黃師傅對清楚資料後就開始慢慢講解。不過唔知係咪職業病，黃師傅十分愛發問，無論合約、守則、福利、老細做咗幾耐、有幾多同事、人物關係、公司歷史背景通通都要問得清清楚楚，好似算命咁要算出自己喺呢間公司未來十年嘅運勢。迪迪仔都只能夠知幾多答幾多，盡力回答。

　　原本佢預計簽約嘅時間可以喺廿分鐘左右完成，但而家講咗半粒鐘都只係講咗一半左右。花咗大約 45 分鐘左右，迪迪仔總算解釋完份合約同埋公司啲福利，最後就問下黃師傅有冇其他問題。不過好快迪迪仔就發現呢條問題係多餘，黃師傅點會冇問題呢？只不過佢估唔到，就係呢條問題令佢哋公司陷入麻煩當中。

　　「其實呢，我最近隻左眼有些少問題，睇得唔係好清楚。」

　　迪迪仔不明所以，就問：

　　「係？有冇睇醫生？」

　　「有呀，醫生話要做個小手術。」

　　「咁幾時做？」

　　「排咗期 3 星期後。係呢，咁會唔會影響你哋安排我工作㗎？」

年輕嘅少年迪迪仔心諗，係喎！唔知部門主管知唔知呢？於是佢就叫黃師傅等一等。迪迪仔出咗去打咗個電話畀部門主管，部門主管聽到呢個消息竟然大聲話：

　　「有冇搞錯呀？上次見工又唔同我講？咁請咗佢返嚟咪又要請假？睇唔清楚點做嘢呀？咁我唔請佢喇！」

　　聽完呢句新鮮人迪迪仔都覺得有啲唔對路，不過當時嘅佢對歧視條例都係一知半解，但咁啱迪迪仔上司又放假，於是佢就走去請示大老細。大老細平時不問世事，不食人間煙火，對於呢啲日常事務識條鐵，佢諗咗一陣，竟然同意部門主管嘅講法，叫迪迪仔打發黃師傅走。

　　既然大老細都話冇問題，迪迪仔於是就返去同黃師傅講：

　　「唔好意思呀，因為你之前冇提過呢個問題，我諗我哋今日唔可以簽約喇。」

　　黃師傅有啲錯愕：

　　「但係右眼睇得好清楚，做完手術就冇事喇喎。」

　　「我哋決定咗今日唔可以同你簽約喇。」

唔知黃師傅係咪屈指一算已經算到呢一刻，佢反應出奇地平淡：

「咁我明白喇，唔緊要啦，唔好意思之前冇講清楚。」之後就不帶走一片雲彩咁離開咗。

迪迪仔以為自己順利完成任務，不過睇相佬呃你 10 年 8 年，黃師傅就只係呃咗佢兩星期。兩星期後蕃茄公司就收到平等機會委員會嘅信件，話受理咗黃師傅有關殘疾歧視嘅投訴。

喺殘疾歧視條例下，如果某一類殘疾會令人唔可以執行工作嘅固有要求，咁僱主就可以訂明應徵者或者僱員唔可以有某類殘疾。固有要求 * 嘅意思係指僱員工作上必須履行嘅職責。就算殘疾真係對工作有影響，僱主喺冇不合情理困難下亦要作出合理嘅遷就。

呢個 case 最終結果係點暫時唔知，雖然迪迪仔係新人情有可原，不過，條例嘅嘢，最好都係一入行就去讀。嚟到職場呢個現實世界，「書到用時方恨少」這一刻隨時會嚟得比你想像中更早。

* 殘疾歧視條例下固有要求，請參閱平等機會委員會殘疾歧視條例僱傭實務守則第 5 章

Warning 不用分得那麼細？

　　每次見到 Warning Letter 呢幾隻字都好頭痛，當有部門要求出警告信，HR 就要了解成個 case 發生緊咩事。同事有冇合理解釋？係咪真係需要出警告信？對於 Warning Letter 嘅取態，有啲部門主管就覺得唔到最後一步都唔想出；不過有啲主管就咩都話要出一餐。

　　薯仔公司嘅調理濃味部主管石頭人係一位個性剛烈、態度強硬嘅人物。聽講佢喺高層會議都極度堅持己見，非常勇於同人硬碰硬。如果你得罪佢，基本上係同撼頭埋牆死咗去冇乜分別，石頭人嘅外號亦因此得名，全公司都忌佢三分。

　　有一位咁強硬嘅主管有好有唔好，好嘅就係佢認為合理嘅嘢會同你 fight 到底，但唔好嘅，就係如果你做錯嘢得罪佢，你都係準備定本死亡筆記，寫自己個名落去會死得痛快一啲。

　　正值月中 payroll 大潮，成個 HR 都忙到翻天覆地死去活來，呢個時候我收到一個嚟自石頭人嘅 E-mail，標題寫住「請 HR 向吳舒伏先生發警告信」。雖然我手頭上仲有幾份 final payment 未做，不過見到「石頭人」個名同「警告信」幾個字，我知道呢個 E-mail 一定要即刻睇。

E-mail 嘅內容非常簡單：

「吳舒伏同事於 T 年 T 月 T 日、U 年 U 月 U 日、V 年 V 月 V 日、W 年 W 月 W 日、X 年 X 月 X 日、Y 年 Y 月 Y 日、Z 年 Z 月 Z 日申請病假，在我多次警告下仍然沒有改善，請 HR 發出警告信。」

我相信邊個睇完呢封電郵都會覺得有少少問題，點解請病假都會畀人警告？難道吳舒伏先生請病假冇病假紙嗎？

我同你都一樣，覺得如果我真係出一封信畀吳舒伏先生，絕對係一個伏。為咗搵出真相，我勇猛地打咗個電話畀石頭人了解下發生咩事。

「喂～石主管，我收到你 E-mail 話要出封信畀同事喎，發生咩事呀？」

「E-mail 咪講得好清楚囉⋯⋯」

嗚⋯⋯你寫得咁簡單邊忽清楚呀石生？

「佢要放病假，所以我而家要出份白字黑字嘅警告信畀佢！」

「我睇返佢紀錄，之前幾次佢都有醫生病假紙喎，最近一次有冇？」

「有呀佢次次都有，但佢放得咁密，個個月都放幾次喎！咁點得呀？我已經口頭警告過佢好多次，所以我而要出份白字黑字嘅警告信畀佢。」

佢越講越激動，我感覺到佢啲口水大大力咁噴落個電話上面。老老竇竇，因為員工有醫生證明，再加上香港有殘疾歧視條例，如果同事因為佢嘅疾病而受到不公平待遇，佢係可以去平機會投訴我哋。我都明白主管會壞疑同事詐病，但你點樣證明先？所以處理呢啲情況我哋要特別小心。

「其實如果同事有醫生紙我諗我哋唔可以因為佢病而警告佢……」

「咁唔可以呀？我覺得佢有問題喎，佢請病假請得咁密，影響埋成個部門運作，我啲人走晒係咪你孭呀？」

「不如咁啦，暫時唔好行動住，等我哋同佢傾下先。如果有需要，我哋可以安排指定醫生畀佢……」

「唔得！總之今次呢封 Warning 我出硬！」

石頭人唔係浪得虛名，無論你點解釋畀佢聽，佢都係要一意孤行。既然佢唔肯聽我講，我唯有搵皇呀姐同佢講。皇呀姐亦都同意我嘅講法，於是佢話打算同石頭人傾傾。

就咁過咗幾日，出警告信呢單嘢都冇下文，當我以為呢件事可以就咁結束嘅時候，皇呀姐叫咗我入房。

「上次出 Warning 嗰單嘢唔使做喇。」

「終於講掂咗石先生喇？」

呢個時候皇呀姐突然面有難色尷尷尬尬，我知你一定係做咗啲唔見得光嘅事！你講你講！雖然我內心激動，但我表面上仍然係一隻溫馴嘅小綿羊。皇呀姐繼續講⋯⋯

「我同佢講過我哋呢邊嘅建議，但佢都係堅持要出，如果我哋呢邊唔出，佢自己出喎。」

「吓？！HR 出同調理濃味部出有咩分別？一樣咪都係公司出，如果上平機會責任都係公司喎，到時咪又係我哋去解釋！」

「咁到時叫佢自己同平機會解釋囉⋯⋯」

而家 Warning Letter 邊個出不用分得那麼細嗎？佢哋自己出 Warning，封信亂寫啲乜我哋又唔知，最後踩晒地雷炸死嘅都係 HR 呀。我諗皇呀姐自己講完都覺得有啲牽強，只係佢冇辦法搞掂石先生。我肯定，到時如果真係出事，石先生一定會話：「呢啲係 HR 做嘅嘢嚟喎，你哋自己諗方法解釋啦！」

結果石先生真係出咗封警告信，佢仲好好咁畀咗個 copy 我哋入返落同事個 file。上面寫住：「因你多次請病假而發出書面警告，如有再犯將有更嚴厲處分。」

　　媽呀……我冇眼睇喇……

＊有關法例詳細資料請參考
平等機會委員會網頁

辭職去讀書？
當我冇講過啦！

世界上最恐怖嘅信封係咩色？一定係綠色，一定係除非唔係。嚇人嘅唔係綠色信封，而係係時候要交稅呢一個事實。不過交稅唔一定收到綠色信封先交，有時喺其他特殊情況都要交，例如以下呢一種。

毛德舒小姐係一個出嚟做咗 N 年嘢嘅同事，不過佢加入薯仔公司都只係一年左右。毛德舒小姐係做薯格生產員，佢嘅工作地點同 HR Department 並唔係同一個 office 裏面。呢一日，我哋 HR 嘅同事黑仔茄收到一個電話，係毛德舒小姐所屬嘅薯格部主管打嚟。

「喂，黑仔茄，你真係好黑仔，我又收到封辭職信喇，你快啲幫我請人啦。」

「今次又到邊個呀？」

「毛德舒呀。」

「哦……佢好似喺度做咗一年貨仔咋喎，幾時 last day 呀？」

「下星期就 last day 喇，轉頭 E-mail 封信畀你。」

「下星期？！你唔好再早啲講？」

有啲主管係好鍾意收埋人哋封辭職信，唔到最後一刻都唔畀HR。唔知係咪幻想自己最終可以留住個同事，不過 90% 都係純屬幻想。

對於收辭職信多過你食蕃茄嘅黑仔茄嚟講，呢啲咁嘅急症對佢嚟講都只係 a piece of 蛋糕。10 分鐘後佢就收到薯格主管 E-mail 過嚟嘅辭職信，準備開始做嘢，不過呢一刻佢仲未知道黑處未算黑……

佢打開毛德舒封辭職信，睇咗幾句之後發現佢都有少少 heart，一般人嘅辭職信都係喺網上下載嘅 sample，然後自己簽個名就算，但毛德舒小姐封信應該有自己修改過，仲寫明咗佢離職嘅原因。

「因為打算到台灣讀書，將於 last day 之後一日離港。」

「哦……去讀書……哇！媽媽！去外地讀書？！」

去讀書本身係一個好普通嘅辭職原因，但如果你做 HR，就會知道如果有個員工同你講佢辭職之後要去外地讀書，而離開香港超過一個月，僱主係有責任即刻幫佢通知稅局，然後呢位員工要去稅局清稅，公司先可以將最後一期薪金支付畀佢。

而點解黑仔茄咁驚嚇？因為毛小姐下星期就 last day，而且聲稱 last day 後就飛。喺有限嘅時間入面，我哋要幫佢埋單、安排去清稅、計最後薪金等等一大堆工作等住做。

黑仔茄即刻打咗個電話畀毛小姐：

「毛小姐，請問你去台灣讀書讀幾耐呀？」

「唔……一年左右啦。」

「如果你去讀書超過一年，呢個情況你要去稅局清稅，然後拎張同意釋款書返嚟，我哋先可以畀 final payment 你，手續就係咁咁咁……」

「原來去讀一年都咁麻煩？咁好啦，我明白喇，麻煩你。」

因為呢啲情況都幾急，通知完毛德舒小姐，黑仔茄就掉低手頭工作，即刻開始幫佢填稅局嘅表格。經過一輪同數字嘅搏鬥，喺收工前終於填好份嘢畀老細簽。呢個時候電話又再次響起……

「喂！黑仔茄，我係毛德舒呀！我想問呢我可唔可以唔去清稅呀？」

「吓？但係你去讀書嗰……」

「你當我冇講過啦～得唔得呀？」

咁都得？我當你冇返工唔出糧畀你又得唔得？

「但你真係去嗰，而且我幫你做晒嘢喇！」

毛小姐開始口窒窒……

咁都得？你講晒啦，你無得輸啦。

畀佢 cut 完線之後，黑仔茄搵咗毛小姐好多次都搵唔到，最後要同薯格主管講返呢件事，冇幾耐佢哋就 send 咗封新嘅辭職信上嚟。讀書？讀少啲又得，立即唔讀又得，得咗。

喺毛德舒小姐離職之後冇幾耐，我哋收到另一間公司嘅 reference check，想確認毛小姐嘅在職證明，咁我諗大家都知咩事啦。

其實我都明白有時同老細辭職都要搵個原因畀佢，不過去外國呢啲原因就唔好亂咁用，用咗除咗搞着 HR，仲分分鐘搞埋自己同稅局㗎。

* 有關規定請參考稅務局網頁 -「即將離港僱主和僱員應遵辦的稅務規定」

當簽證不是
用來入境

    香港呢個彈丸之地，樓價世界排名高踞不下，香港人想搵個安居樂業嘅地方都難。喺近呢 10 年，新聞就經常出現類似咁嘅標題：

「某某某棄高薪，移民台灣」
「90 後對香港死心，決心移民」
「各國移民條件大比拼」

    不過呢個世界就係咁奇怪，當裏面嘅人想逃出去，外面嘅人就好想闖進來。入境香港呢個叢林嘅資格有好幾種，一般包括實習、就業、讀書、受養人等等，其中實習同就業呢啲簽證，通常都係由 HR 去負責申請。

    話說有一日，薯仔公司嘅烤薯部主管同大老細傾過，覺得烤薯部烤薯烤得唔夠專業，話決定要喺內地請個專才返嚟改進烤薯技巧。佢表示靠自己嘅人脈已經物色咗一位合適嘅烤薯專家，叫烤薯王，呢位烤薯王烤薯烤得特別香，於是將烤薯王嘅資料交咗界 HR，叫 HR 協助去申請簽證。

    根據香港入境事務處嘅資料，其中一種簽證叫「輸入內地人才計劃」*，只要具備香港特別行政區所需又缺乏嘅特別技能就有資

格申請。好明顯烤薯王嘅烤薯技巧高超，所以我哋估計喺申請資格上絕對冇問題。

我哋填好晒所有表格，將所有文件交晒畀入境處後就只有等佢哋批核。只係交咗一兩日，烤薯主管就係咁追……

「都叫你哋即刻做㗎啦！」「係咪你哋遲交呀？」

我只能夠回應佢：「你畀少少耐性啦！政府部門並唔係服侍你一個。」

然後喺心入面打爆咗佢個頭，死咗。

終於有一日，一如我哋所料，烤薯王果然係專才嘅一種，入境處終於批咗個簽證。不過事情仲未完結，因為烤薯王收到我哋個簽證之後，佢仲要喺內地有關部門申請一個逗留簽注先可以落嚟烤薯。

於是又等咗兩個星期，烤薯主管直頭想上嚟 HR 叉住我哋條頸拎去烤，但我同佢講，就算你殺咗我都係要等㗎啦，施主你都係放下屠刀啦。

終於有一日我哋等到烤薯王回覆，佢已經申請咗簽注，決定咗邊一日嚟香港，可以正式確實返工日期。

到咗烤薯王返工當日，烤薯主管表示十分興奮，叫我哋做完手續好即刻叫烤薯王去佢部門即刻示範烤薯。烤薯王嚟到薯仔公司嘅時候，因為佢係簽證人士，我哋都特別要問佢攞返啲入境記錄、簽注、簽證等等嚟做返記錄。就係呢個時候，我發現喺烤薯王畀我嘅文件入面，我搵唔到張工作簽證……

「烤薯王，請問我哋寄畀你張工作簽證呢？」

「工作參證？是唔是依張？」

佢從佢個袋入面拎咗張入境處嘅紙出嚟畀我，我的手這麼震難受到興奮，烤薯王拎畀我嘅竟然係一張旅遊入境簽證，寫住大大隻字「旅遊」兩隻字，逗留期限到 X 月 X 日。嗚呀！即係話佢用咗旅遊身份入境，即係好似我哋去旅行咁，係唔可以工作㗎！

「呀……你呢張係旅遊簽證，我哋咪寄咗張工作簽證畀你，你做咩唔用呀？」

「工作參證？嗰張嘢要帶泥香港嘅咩？我矛帶喎，起家鄉喎！」

「呀……其實工作簽證喺畀你嚟香港工作嘅時候用，而你而家嘅旅遊簽證係嚟旅遊用㗎。」

「哈哈，尷呀？尷點算呀？矛所謂啦，我找我家人寄返過來紀

你啦！」

　　「因為你入境用咗旅遊身份，而家唔可以返工㗎，你要用返個工作簽證入境先得。」

　　「尷麻煩呀？哎喲，真是唔巧意思呀，哈哈！」

　　哈哈哈哈……我真係好想叉住佢條頸拎去烤。當簽證唔係用嚟入境嘅時候，難道係畀你收藏喺貼紙簿嗎？

　　同烤薯王解釋完之後，我將呢件事轉告烤薯主管，烤薯主管也無言了，但我 feel 到佢都有啲崩潰，我諗佢冇諗過自己期待咗咁耐嘅烤薯專家原來係冇 common sense 的。最後再搞多咗成個星期，烤薯王先正式可以開工，從此以後，我請外地人都會提佢哋要用工作簽證入境。呢件事又再一次教訓我，CSNC 定律，即 Law of Common Sense is Not Common 係永恆冇錯嘅。

* 有關輸入內地人才計劃詳細資料，請參考香港入境事務處網頁

2

踏上招聘的
無盡旅途

只要你喺 In house HR
做過招聘，保證會有一番
與眾不同的經歷

CV 背面原來係咁用嘅

收到 CV 嘅渠道離唔開幾種，除咗飛鴿傳書已經被淘汰，我哋一般都係經電郵、郵寄或者同事介紹。其中郵寄都已經接近淘汰邊緣，不過間唔中都依然會收到幾封，而且郵寄好多時都會收到啲比較特別嘅嘢。

純白色嘅信封上寫住工整嘅字體，申請 Sales Manager。表面上佢係一封求職信，打開信封，好好彩佢都真係一封求職信。唔好怪我多心，因為我都收過啲表面上係一封求職信，但實際上係一封收數信嘅物體（詳見上一本《我係邪惡 HR》）。

求職信嘅組合離不開 CV 同 Cover Letter，唔知點解好多人覺得唔需要 Cover Letter 所以唔寫，其實 Cover Letter 係可以幫到你好多（篇幅有限，都係詳見上一本書）。信封入面有三頁紙，好叻仔，有齊 Cover Letter 同 CV。就咁睇都算係一份格式工整嘅 CV。再睇埋內容，都符合我哋職位嘅要求，係機會喇！飛雲！呢個可以約佢上嚟見工！

呢位求職者叫滑翔怪客，約佢見工嘅過程好順利，喺咽個 moment 我都未知佢係一個怪客，直到見工當日。當日我哋約好咗早上 10 點鐘見面，但係到咗 10 點半都唔見滑翔怪客嘅人影，心

諗佢應該又係 no show 唔出聲放飛機之輩，但朝廷正是用人之時，循例我都要打個電話畀佢問問。

「喂！請問係咪滑先生？我哋今日約咗 10 點，請問你係咪會嚟見工呀？」

「呀！係呀⋯⋯唔好意思呀，我今朝唔舒服嚟唔到呀。」

「哦⋯⋯」

嚟唔到又唔早啲出聲嘅？

「我想請問你哋有幾多人見呢個位呀？」

其實既然你冇嚟見，呢件事同你好似冇乜關係喎。

「唔⋯⋯我哋仲有啲求職者會見。」

「其實我都有興趣再嚟見的，唔知有冇機會？」

放完我飛機又想嚟見？滑翔怪客你滑上滑落想點？雖然我唔想再見佢，不過都係嗰句「朝廷正是用人之時」，後門都係不宜關得太早。

「有消息嘅話我哋再約你啦。」

放低電話之後，我喺個 file 入面抽返佢份 CV 出嚟 mark 低佢今日 no show，呢個時候我唔覺意反轉咗佢份 CV，CV 嘅背面竟然用藍色原字筆寫咗好多字喺度！

我細心一睇，原來上面寫住好多日期同時間……

3 月 8 日 下午 3 點 花生公司 Sales Manager

3 月 13 日 上午 9 點 蕃薯國際 Sales Executive

3 月 22 日 上午 9 點 茄子公司 Sales Manager

奇怪喇，點解我睇落去咁似啲見工日期同時間嘅？點解會有人將自己啲見工日期寫喺份 CV 背面然後寄去第二間公司？其實係咪想我知佢有好多人爭呀？定係佢屋企冇紙用呢？會唔會係驚我見工諗唔到問題所以寫喺度畀我問？不過我至少知道點解佢今日冇嚟見工嘅原因喇，原來今朝去咗我哋嘅友公司茄子公司見工，10 點趕唔切過嚟都係好合理嘅。當我知道事實之後，我就將佢份 CV 收埋喺個皮製 file 入面，寓意收皮。

不過，事情仲未結束，有一日皇呀姐畀 Sales 嘅主管追數，話就快冇 Sales 用。皇呀姐走嚟問我搵人搵成點，言談間講起滑翔怪客，皇呀姐眉頭一皺：

「不如你畀多次機會佢啦。」

我真係「吓？！」咗出嚟。

「等人用呀……」

得啦，明喇，朝廷正是用人之時吖嘛……

先唔理佢唔小心寄咗張見工 schedule 畀我，滑翔怪客當日嚟唔到，應該早啲通知我哋，呢個係責任感嘅問題，個人就唔係咁想再約佢喇。不過皇命不能不從，我唯有打去再約一次滑翔怪客，佢亦好欣然再次接受咗我嘅邀約，然後亦好欣然咁喺我哋眼前再次滑過，再放咗我一次飛機。

從呢件事我哋又學到幾樣嘢

1. 屋企要準備多幾張紙寫嘢。
2. 做 HR 要好細心，CV 背面都要睇清楚。
3. 「朝廷正是用人之時」係無敵的。
4. 其實一個人有冇心見一份工，約佢一次已經好清楚同足夠。

智能 CV 降臨

科技日益發達，其中翻譯工具已經進化到用張相就可以即時翻譯。不過電腦翻譯有時始終都畀人譯得怪怪地嘅感覺，前排去日本旅行就見過有間食店將 Fried Egg 譯成「被炒的蛋」。雖然佢咁譯我都明嘅，不過就有啲好笑。

其實比起好幾年前，而家嘅翻譯已經做得越嚟越好。我寫呢篇文章嘅時候就嘗試擺咗幾篇中文求職信上網翻譯，結果我發現翻譯有 8、9 成準確，有啲詞語甚至可能用得好過你自己寫。不過，電腦嘅翻譯就算有 9 成準確，有一成翻譯得唔夠自然都好容易畀人發現，所以唔好以為可以就咁用翻譯工具將 Cover Letter 翻譯完就用得，結果好可能會發生下面呢位仁兄嘅慘劇。

一般嘅 HR 面對大量 CV 嘅時候，都會採取先睇 CV 後睇 Cover Letter 嘅方法。咁樣好處係可以節省大量時間，從 CV 嘅工作經驗同學歷背景當中篩選咗啱用嘅 CV 出嚟先再慢慢睇 Cover Letter。

陳智能先生今次申請薯仔公司嘅行政助理職位，佢份 CV 十分幸運，係被 shortlist 出嚟嘅 8 封 CV 入面其中一封。陳智能先生份 CV 比較簡單，喺工作經驗呢部分，佢只係列咗公司名同職位名。

為咗了解佢多啲，我拎返佢份 Cover Letter 出嚟睇，睇下佢有冇喺 Cover Letter 度介紹多啲關於佢嘅工作。

一睇陳智能先生份 Cover Letter，我就知道佢份人十分智能，好想畀我哋知道佢一直走在科技嘅尖端。首先今次佢申請得十分智能，因為佢一定係用智能手機申請嘅，而且我仲知道佢係用三叔 Galaxy 申請，因為 Cover Letter 最底寫住「從我的三叔 Galaxy 智能手機發送」。

唔⋯⋯不過其實我唔想知你用咩型號嘅手機申請，呢度唔係三叔，用三叔申請係唔會加分的。

好啦，繼續睇返份 Cover Letter，第一句係：「轉寄的訊息」

佢好明顯係懶得再重新開一個電郵，非常善用電郵系統嘅轉寄功能，直接轉寄申請過其他工嘅電郵，改少少就 send 咗畀我哋。

去到 Cover Letter 嘅內容先係精髓所在，睇佢啲英文，雖然我睇得明每一隻字，但併埋一齊就非常奇怪，我嘗試將部分嘅句子翻譯返做睇得明嘅中文：

"I am very interested in this work, so the special letter is applied"

「我對這份工作非常有興趣，所以申請特別信件」

估計正確翻譯係：「我對這份工作非常有興趣，因此特函申請」

"Please forgive me!"

哇！你做咗啲咩要我原諒你呀？！哦……原來下一句係 "I have not updated my CV for a long time"。

"Please give a make chance interview for me"
「請給我製造一個機會面試」
估計正確翻譯係：「請給我一個面試機會」

"If you are met, you are grateful"
「如你約見，你會感激」

我唔係好明要感激啲咩，後來據我深入研究，呢句嘅真正翻譯應該係「如蒙接見，感激不盡」，差好遠喎哥哥！

佢最後就祝我一句「Please enjoy your work」，相信佢應該係想講「祝您工作愉快」。真係多謝晒……

睇呢份 Cover Letter 睇到頭都爆，好明顯智能先生好識得利用科技，甚至將 Cover Letter 都交託畀翻譯工具。科技雖然好方便，但請各位小心使用，至少用完自己重新睇一睇，又或者畀人睇一睇，確保冇問題先好 send 出街。

紅色三倍速，遊走 Reception

　　喺一個風和日麗可惜要返工嘅早上，正所謂一日之計在於晨，我喺公司樓下食完個靚早餐之後，抱住叫做有少少愉快嘅心情返工。今日嘅 schedule 算係比較輕鬆，上晝有幾個 interview，下晝可以專心處理其他工作。9 點前返到公司，同做咗十幾年依然堅持提早返工嘅 Reception 姐姐打個招呼之後，佢對我露出一個鬼祟嘅眼神。我嚇咗一嚇，心諗：

　　「呀姐，大庭廣眾，後面仲有幾個同事入緊嚟，你可唔可以唔好咁樣望住我呢？」

　　當我仍然處於驚恐狀態之際，佢嘅眼球不停咁射向梳化位置，示意叫我望下嗰邊。我望過去梳化位置，見到一個穿着紅色外套，身型微胖嘅年輕男士。Reception 姐姐嘅眼神話畀我知，佢應該就係我今朝第一個要見嘅 candidate：馬沙。

　　今日約咗馬沙上午 9 點 15 分，但佢比預定時間早到，於是就坐咗喺梳化等。為免遲到，好多 candidate 會選擇早到少少，守時絕對係值得稱讚嘅事。不過，呢位年青人雖然早到，但佢就唔係乖乖地坐喺度等……

當我望過去嘅時候，只見佢將電話打橫，雙手以摩打手嘅速度咁狂撩個電話，雙眼瞪大，咬牙切齒，幾條青筋若隱若現。佢好似當咗張梳化係駕駛艙咁，身體出現左搖右擺嘅動作，好明顯已經發動咗精神感應框架，正喺我哋 Reception 張梳化上面，高速咁喺宇宙中飛馳。

佢聚精會神，眼神目露兇光，嘴角漸漸微微上揚，似乎勝利已經喺佢嘅掌握之中。唔知佢係咪畀勝利沖昏咗頭腦，定係唔記得咗，佢打機時並冇戴耳機，遊戲激烈嘅戰鬥音效響遍整個 Reception 區域。

由於佢嘅戰鬥背景音樂非常耳熟，一聽就知係《機動戰士高達》嘅主題曲，好明顯佢係一位機動戰士駕駛員，激光劍嘅聲音此起彼落，我再望一望 Reception 姐姐，佢已經露出一臉厭惡嘅眼神。

為咗盡快中止佢嘅戰鬥，以免引發 Reception 姐姐爆炸，我快步入去放低個袋，再拎咗份表格出嚟畀馬沙填。正以紅色三倍速飛馳嘅馬沙並冇留意我走近，直到我行到埋去叫佢一聲，佢先驚覺我已經喺佢身邊，睇佢緩慢嘅反應，似乎佢並唔係新人類。

「馬生，麻煩你填一填份 form 先。」

馬沙望一望戰鬥畫面再望一望我，佢即刻好乖咁放低電話接過我份 form，講咗聲唔該就開始填 form，Reception 亦恢復寧靜。我轉身離開嘅時候，望咗 Reception 姐姐一眼，佢對我反一反白眼，

呼咗口氣後，對於唔使再聽到高達嘅音樂表示身心舒暢。

我返咗埋位做嘢，大約過咗 15 分鐘左右，我電話突然響起：

「喂！你好快啲出嚟搞掂你個馬生呀！好鬼嘈呀佢！」

啪！我就咁界 Reception 姐姐 cut 咗線。

我感覺到 Reception 姐姐已到達爆炸嘅臨界點，如果 Reception 姐姐爆炸，到時每個行經 Reception 嘅人都會遭殃，生靈塗炭，死傷枕藉。

當我一行出去 Reception，我又再恍如置身戰場當中，激光橫飛，周圍響起機動戰士嘅爆炸聲。旁邊有對目露兇光嘅眼睛望住我，Reception 姐姐應該就快會放激光射殺我。我迴避佢眼神先偷偷喘氣，然後穿過戰場去到馬沙先生身邊。

由於馬沙先生正處於戰鬥狀態，佢再次冇發現我已經嚟到佢身邊。如果我揸住部高達，佢應該已經死鬼咗。

「馬生！馬生！」

我叫咗佢兩聲佢先發現我，我以為佢會放低手機，點知佢單手揸住電話手機，另一手高速咁將填好嘅表格塞界我，然後極速返回戰場內。

嗚！填完又唔出聲坐喺度打機，係咪我唔出嚟，你坐喺度打成日？

等多一等？？如果我有部高達喺度真係會斬死佢。

佢高速咁喺手機按咗幾下，突然手機就響起勝利嘅音樂，然後佢終於肯放低個電話。佢向我笑一笑，講咗聲唔好意思。其實我都想同佢講聲唔好意思，因為佢已經好可能贏咗個 game，輸咗份工。

留意返

見工前嘅行為都係面試嘅一部分，當大家去見工嘅時候請緊記，由踏入公司範圍開始就留意自己嘅行為。如果你坐喺度等冇嘢做，可以留意下周圍有冇放一啲同公司有關嘅刊物喺附近，你可以拎嚟睇下，以顯示你對間公司嘅興趣。冇嘅話拎個手機出嚟碌下、send 下 message 都冇問題，但打機就最好留返返屋企先打喇。

好男人見工記

點樣先為之好男人？唔知大家同唔同意以下呢啲都算係好男人嘅特質：

- 老老實實
- 錫晒另一半
- 為照顧另一半願意犧牲自己
- 周圍同人講自己封咗盤
- 使用另一半送嘅銀包
- 銀包有同另一半嘅合照

如果同意嘅話，以下故事嘅主人翁絕對係一位好男人。

呀明係一位戴住黑框眼鏡，身穿整齊西裝嘅求職者。我第一眼見到呀明嘅時候，已經感覺到佢散發住一種老實好男人嘅氣色，再細心打量佢整齊嘅髮型、友善嘅眼神，我完全感受到佢嗰份好男人精神。

「唔該借個身份證畀我對對資料吖。」

呀明露出充滿熱誠嘅笑容，日劇式咁回答我「係！」之後就拎

咗個銀包出嚟。

「哇！係愛的銀包呀！」

呀明拎出嚟嘅銀包應該係手作皮革，上面刻住咗呀明個名，估計應該係有人親手整畀呀明嘅。好男人嘅銀包入面當然會有佢同另一半嘅合照，呀明打開銀包，果然不出所料，裏面有佢同另一半嘅合照，而且仲唔止一張！當佢拎身份證出嚟嘅時候，一張張貼紙相洶湧如深海般跌出嚟，Opps……我感覺驚動了愛情。

準備好晒啲文件之後就同呀明入房傾下計，呀明以好男人 tone 大概咁介紹咗自己嘅工作經驗。我見呀明辭咗之前份工都有兩個月，就問下佢嗰時點解辭職。

「其實我上年年尾結咗婚。」

佢同我宣佈封盤呀！好男人加一分……但我唔鍾意男人㗎喎，做咩同我講？

「之後老婆就有咗，所以我決定辭職照顧佢。」

又加一分！眼前呢個好男人真係好到不得了，肯放棄自己嘅事業全職照顧老婆，真係令人感覺到愛情嘅偉大。不過我嘅疑問仍然未解決，佢做咩要同我講？既然你打算照顧老婆，點解你又會坐咗喺度見工呢？

「咁點解而家改變主意再搵工嘅？」

佢突然露出猶豫嘅眼神，低頭沉思咗一陣，我心諗呢個絕世好男人一定係有逼不得已嘅原因。莫非係屋企經濟出現問題？BB出咗世需要奶粉錢？定係老婆出事需要錢？定係唔做嘢照顧老婆畀人話冇出色？嗚……你到底有咩苦衷令你要拋返個身出嚟做吖？

「唔……其實我都唔知搵唔搵工好。」

我唔明呀！咁……咁……你而家唔係搵緊工所以先坐喺度咩？點解呀？點解呀？你一定係有苦衷嘅！

「今次我見你哋份工都好似幾啱我，所以咪試下 apply 囉。」

你……你……又話照顧老婆嘅？！

「咁如果我哋真係有 offer 畀你，你會唔會做呀？」

「都應該會嘅。」

發現佢前言不對後語，我心裏倒抽了一口涼氣。

「你之前唔係話打算辭職照顧太太嘅咩？」

「都係……所以我都唔知搵唔搵工好……」

呀⋯⋯向左走向右走，做男人要決斷啲，你要老婆定要份工？你講！你講！

當然我冇叫佢講，不過心諗不如你諗清楚先見工啦。

其實呀明都唔知自己想點，可能佢只係手痕唔覺意上網 apply 咗份工啫，我諗佢個心都係想好好照顧老婆嘅。

呢日之後，我對好男人的定義加多咗一項，就係：不能三心兩意。

留意返

> 面試嘅時候，對於「點解轉工？」「點解搵呢份工？」呢類問題一定要答得清晰有自信。如果喺面試當中畀面試官覺得你自己想點自己都唔知，基本上已經係失敗咗一大半。所以見工前一定要先問清楚自己，解答到自己，先有機會説服到人哋。

進擊的外國人

　　香港呢個國際都會，周街你都會見到喺香港做嘢生活嘅外國人。如果你公司有國際業務或者係外資企業，HR interview 要約見外國人都係十分平常嘅事。

　　HR 同事傻 B 最近就幫公司請緊一個分析員職位，因為呢個職位需要嘅經驗喺本地比較難搵，所以主要嚟申請嘅都係外國人。呢日佢就幫公司約咗兩位外國人嚟見工，一位叫火藥 Depp，一位叫羅拔仔；火藥 Depp 約咗嘅時間係兩點鐘，羅拔仔就係三點鐘。

　　到咗 2 點，傻 B 收到好 gentleman 嘅火藥 Depp 好有禮貌咁打嚟。

　　「我塞緊車，應該會遲少少到。」

　　傻 B 見佢都算有交帶，而且都好有禮貌，於是咁講：

　　「OK，我會同 interviwer 講聲。」

　　時間到咗 2 點 30 分左右，第一位出現嘅係原本約三點，早到咗 30 分鐘嘅羅拔仔。傻 B 見佢咁早到，而火藥 Depp 又遲到，

無理由就咁叫佢喺度呆坐。於是傻 B 就擺咗啲表格出嚟畀佢填，羅拔仔用咗 15 分鐘左右就填好晒啲嘢交返畀傻 B。傻 B 見羅拔仔咁快手，於是就將啲資料交咗畀 Line Manager 睇，無幾耐 Line Manager 就叫咗羅拔仔入房 interview。就喺羅拔仔入咗房幾分鐘後，火藥 Depp 終於出現，時間已經係 3 點鐘。

傻 B 見火藥 Depp 嚟到，於是照樣畀咗啲 form 佢填。但係當傻 B 出去收返火藥 Depp 份 form 嘅時候，火藥 Depp 嘅反應非常奇怪。首先佢好有禮貌咁同傻 B 握手，然後就突然間點火大爆炸！

「我今日係嚟見工嘅，點解要我等咁耐？」

「吓？」

「我一陣要接個仔放學，點解而家仲未有得見？我都讀過 HR，你哋咁樣好唔 professional。我見咁多份工都未試過等咁耐……」

「吓？」

傻 B 企喺度畀佢鬧咗 5 分鐘，心諗你到咗 10 分鐘咋，仲要自己遲到都咁惡死。人哋 Interviewer 唔係冇嘢做坐喺度等你嚟見㗎，你要接個仔放學就唔好遲到啦。

傻 B 雖然喺 office 畀人大大聲鬧，但佢仍然保持專業，嘗試

禮貌地同佢解釋：

「先生……因為你遲到……」

「你聽我講！你唔專業！我唔見喇！祝你好運啦！不過，搵唔到人可以再搵返我喎，我再考慮吓。」

講完之後就從電梯口消失。傻 B 企喺度呆咗，心諗：我做錯咗啲咩？咁樣發完爛笪仲叫我哋再搵你係咩玩法？

當 Line Manager 見完羅拔仔之後，傻 B 就入房將呢件事原原本本咁同 Line Manager 交代。只見 Line Manager 搖了搖頭，冷笑咗一聲之後，佢即刻拎起火藥 Depp 份 CV，喺傻 B 面前撕爛咗佢。

「你叫佢唔使嚟喇，請唔到人我哋都唔會考慮佢。」

傻 B 心諗：「霸氣，呢啲真係霸氣。」

惡人先告狀嘅 candidate 可謂不分地域國籍界限。HR 隨時都要保持高 EQ，雖然係佢錯，但一樣要保持專業禮貌回應。火藥 Depp 嘅無理挑戰人嘅底線，傻 B 嘅 EQ 都算保持得唔錯，好慶幸最後火藥 Depp 份 CV 亦都得到應得嘅報應。

李老闆嚟玩工

正所謂一樣米養百樣人，奇人見工嚇死人；我哋 HR 做 interview 見識到好多奇人異士，我統稱佢哋做「見工奇行種」。呢一日嚟見工嘅係一位年輕有為嘅女設計師，佢英文名叫 Boss Lee，中文名叫李老闆。

李老闆雖然年輕有為，但衣着並唔係特別光鮮，只係一身 T-shirt 牛仔褲，孭住一個雜牌子背包，唔望一望佢份 application form 以為佢係 Fresh Grad.。

喺份職位申請表上面見到，李老闆讀書唔係特別叻，高級文憑畢業之後就已經冇再讀上去，不過佢嘅工作經驗就唔係畢業之後先開始。喺讀書時代李老闆已經開始做嘢，年紀輕輕已經幫人畫圖做設計，畢咗業之後做過兩間公司，一間只係做咗幾個月，而另一間就已經做咗 5 年。一切都好似好正常，唯獨是有一樣嘢令我哋好驚訝，就係佢現在嘅收入。

幫手畀份 form 李老闆填嘅同事芋頭子拎住份 form 走埋嚟問我：

「你睇下？我隻眼係咪有事？」

「冇嘢呀，係有啲眼屎，今朝冇洗面呀？」

「妖！唔係呀，你睇下份 form 呢度？」

佢指住份 form 上面嘅 Current Salary 一欄，我望咗一眼，以為自己睇錯，再望真啲，應該冇睇錯。於是我問芋頭子：

「我有冇睇錯呀？我睇到 6 位數字。」

「我都睇到。」

今日李老闆嚟見呢個職位係入門級，我哋畀到嘅人工一定係入門級嘅 1 字頭 5 位數字。我哋諗緊會唔會係佢寫錯咗呀？喺確認咗大家嘅眼睛健康之後，我拎起份 form，入去面試室解決呢個疑問。

入到房之後，李老闆將佢嘅生平事蹟娓娓道來，我直頭覺得自己好似幫佢寫緊自傳嘅作家，將佢一生嘅光輝歲月，風雨中抱緊豉油嘅一生詳細咁筆錄落嚟。

簡單嚟講李老闆嘅背景是咁的：

李老闆喺讀緊高級文憑嘅時候就開始幫人做時裝設計，後嚟自己設計衫，自己搵喺內地廠做再擺上 IG(Instagram) 賣，畢業出嚟幫人打工做咗幾個月，後嚟因為自己生意越做越好，仲開埋公司接生意，內地自設廠房，而家嘅收入每月達 6 位數字。

聽到呢度我覺得自己係零，同時對佢嘅創業故事肅然起敬，敬佩之情油然而生，直頭想問下佢公司請唔請人。不過作為專業嘅HR，我當然要好好控制自己嘅面部肌肉。

有冇面部肌肉控制挑戰賽？ HR 去參加嘅話，勝算應該幾高。

聽完呢個原因之後我都唔知講咩好，於是我恭請咗李老闆返屋企先，有咩消息再通知佢。

出嚟之後我將李老闆嘅故事同部門主管分享咗，佢同我講咗一句：「咪玩我哋啦。」就收咗我線。

李老闆雖然係一個厲害嘅人物，但呢個始終係一個初級職位，我哋睇唔透李老闆點解為咗搵啲世藝會搞着薯仔公司，考慮到佢嘅背景同潛在嘅不確定性，我哋都決定唔聘請李老闆。祝李老闆生意興隆，大展鴻圖。

尖銳的招聘會

正所謂快人一步理想達到，每年冬天我哋就要開始搞定下年嘅畢業生。搵畢業生其中一個途徑就係去各大院校舉行巡迴招聘會，好彩嘅話可以吸引到足夠嘅新血加入，嚟緊嗰年請人就唔會請得咁辛苦。

出去做招聘會，通常我哋 HR 會搵埋用家一齊做——可能會搵埋啲主管出去介紹佢份工，又可能會搵啲同事去分享感受。呢日已經係巡迴演出嘅尾場，我同幾個部門主管去到某某院校，令人十分意外嘅係，入座人數超出預期，幾乎全場爆滿，好想開場就講句：「山頂嘅朋友你哋好嗎？」

企係演講台上望向前面嘅學生，發現頭嗰兩行都冇乜人坐，就算學校負責人叫佢哋坐前少少都冇人肯坐落嚟，好似頭嗰幾行都畀九巴插針狂徒插晒針，一坐就插穿 Pat Pat 咁。亦都因為咁，肯坐落嚟嘅學生反而對於我哋嚟講更加突出。其中一個女仔一坐落嚟已經令我印象好深刻，佢叫高貴玲，一身衣着打扮已經完全拋離一眾平凡嘅同學。一般大學生都係着一般便服返學，但高貴玲着住件藍色連身長裙加高踭鞋，打扮明顯成熟及與眾不同，似返緊工嘅 OL 多過似學生。不過喺高貴嘅外表下，原來隱藏住今日最大嘅危機。

當我做完簡單嘅介紹之後，我就將時間交畀負責最精彩部分嘅幾位主管。不過今日嘅招聘會並冇之前咁順利，因為喺成個招聘會內，我哋不停咁被高貴玲挑機。

「我想問下你哋嘅工作咁樣安排嘅原因係咩？」
「我覺得你哋咁樣安排完全冇效率囉。」
「你哋公司有啲咩安排令我哋做得開心啲呀？」
「你哋 office 設計會唔會好似 Google 咁？」

令人最頭痛嘅一次係：

「我覺得你哋一開始講嘅價值好似冇乜吸引力～人哋蘋果公司係改變世界，你哋仲有冇其他？」

聽到我哋 O 晒嘴，成個 lecture room 出現一陣薑味。雖然我哋冇 Steve Jobs 咁偉大，但每間公司都有佢自己嘅價值，吸唔吸引到你係另一回事。我覺得我哋好似畀人召咗上立法會問話咁，高貴玲似嚟踩場多過嚟聽 talk。呢個時候最開心嘅一定係坐喺山頂嘅朋友，佢哋竊竊私語拎花生出嚟食。

我知高貴玲可能唔希罕份工，所以佢決定暢所欲言咁發問，不過態度就顯得冇乜禮貌。始終呢個係招聘會唔係記者會，凡事去得太盡，緣份誓必早盡。

因為薑味太濃嘅關係，學校嘅負責人呢個時候出嚟打完場：

「仲有冇同學有問題？」

　　然後其他同學問咗幾條問題之後，今次招聘會就咁結束，謎一樣嘅高貴玲亦都就咁揚長而去。我望住佢嘅背影心諗，其實佢係咪茄子公司派嚟嘅臥底？學校負責人好快消除咗我嘅疑慮，佢話高貴玲係某某系嘅學生，佢喺其他公司嘅招聘會都有類似嘅行為，叫我哋唔好咁介意咁話。真係冇諗過，做招聘會都會有人好似記者會咁提問。做 HR 講嘢真係要好小心，出去講嘢講錯一句都隨時界人收皮。

HR 顧問也要有 HR sense

　　去舖頭買嘢，最怕啲 Sales 走埋嚟搞我……「先生，有咩幫到你？我哋呢件薯仔 tee 最新返，佢有散熱同保溫功能，一年四季都着得……我哋賣剩兩件，你嗲我即刻幫你睇下有冇 size 啦。」我最怕 chur 爆嘅 Sales，其實每個客人都有佢嘅特質，呢招對某啲人有用唔代表對所有人都有用。

　　HR 喺工作上面少不免都要同 Sales 打交道，最常接觸到嘅會係招聘網、報紙嘅 Sales 又或者係獵頭公司嘅「HR Consultant」，即人力資源顧問／招聘顧問。做得 HR，應該都明白職位名稱嘅重要性，有啲 HR Consultant 個名係顧問，但其實都係 Sales。佢哋做「顧問」之前可能完全冇 HR 或招聘嘅經驗，只係做配對同跑數。如果 HR Consultant 本身有 HR 經驗，佢會更清楚 HR 嘅需要，更有效咁成為 HR 同求職者之間嘅溝通橋樑。我都遇過非常專業嘅 Consultant，不過可惜今次我同事果汁糖遇到嘅唔係。

　　果汁糖表面上細細粒、嬌滴滴，把聲仲要好鬼甜。根據非正式統計，佢打電話去約人嚟見工嘅成功率比其他人會高出 10 個百分點。不過我識咗佢都一段時間，我只能夠奉勸大家千祈唔好以聲取人，雖然把聲好溫柔，但其實佢一啲都唔好蝦。今次果汁糖就被皇呀姐委派去搵獵頭公司請一個高層職位，負責所有同獵頭公司溝

通、約 interview 等等嘅工作。

獵頭公司嘅顧問呀強好好彩，佢介紹嘅其中一個 candidate 被薯仔公司嘅高層睇中咗，成個招聘程序只差最後管理層批人工、candidate 接受 offer，呀強高昂嘅轉介費就可以袋袋平安。

果汁糖為咗方便溝通，之前將自己個手機電話號碼畀咗呀強。不過由呀強得知有 candidate 被選中一刻開始，電話就變成咗果汁糖嘅噩夢。由嗰個 moment 開始，果汁糖每日都收到呀強嘅追魂call⋯⋯

「得未呀？你哋老細批咗未呀？」
「過咗兩日喇，仲未批出嚟呀？」
「三日喇，知唔知去到咩階段。」
「四日喇，平時啲公司好少批咁耐喎。」

老細日理萬機，如果你做 HR 就會明白，呢啲嘢要時間批都係好合理嘅事。果汁糖當然都有追過老細，但老細就話睇緊，所以果汁糖都只能夠回覆呀強話：「未批到，你等我通知啦。」

雖然呀強日日食檸檬果汁糖，但都依然保持小強般嘅鬥志，每日都打嚟窮追猛打，後嚟果汁糖開始頂佢唔順⋯⋯

「我嗰邊批咗打畀你好冇？我有幫你跟，你咁追我都冇用。」

被果汁糖一再拒絕嘅呀強依然唔氣餒，都唔知係咪因為果汁糖把聲太甜，令呀強想同佢傾多幾句，呀強竟然開始喺深夜 send whatsapp 追問果汁糖。但今次佢真係辣㷫咗果汁糖。果汁糖心諗：「大佬呀！人哋收咗工，你咁夜追都冇用！」所以決定唔覆佢。

第二朝一早返到公司，果汁糖嘅電話又響起，又係呀強呀！

呀強聽到之後靜咗冇聲出⋯⋯

「係啦，你都唔知啦，唔知嘅嘢你問幾多次我都唔知。你個 case 我日日都有幫你跟，但老細話佢要再睇睇先，所以你日日問我都冇用，夜晚係我私人時間，有消息我自然會打畀你。」

每人都有一條底線，今次呀強真係觸動咗人哋條底線。HR 做嘢好多時都不由自主，唔係樣樣嘢 HR 決定就得，一單生意畀咁多

錢，高級管理層係需要時間去考慮的。可能呀強唔明白 HR 嘅難處，有邊個 HR 唔想快快脆脆 close file，你袋走你的錢，我搞掂個 case。但唔係下下催促就催到個結果出嚟，自稱為 HR Consultant 也應該有點 HR sense 吧。

據說呀強最後做成咗呢單生意，不過香港有咁多獵頭公司，我諗下次我哋都會搵過另一間。

HR 的 cold call 生涯

　　嚟到廿一世紀，「請唔到人」已經係 HR 經常掛喺嘴邊嘅口頭禪。你仲以為只要公司喺求職網站登個廣告就會有人嚟申請？少年你真係唔好咁天真。今時今日請人，就算幾大嘅公司登個廣告都可能收唔到 CV，特別係一啲缺人才嘅行業，例如 IT……

　　IT 職位收唔到 CV 已經係同返工塞車一樣咁平常嘅事。最近薯仔公司要請個 Programmer，IT 部門主管蓋達呀姨要脅我哋如果請唔到人，HR 個系統都會冇人 support。聽完唔知點解我覺得佢有啲似恐怖份子有啲想報警，不過睇在佢係皇呀姐個 friend 份上，我決定放佢一馬。

　　終於隻招聘廣告出咗一星期，一如所料 CV 嘅數量 5 隻腳指都數得晒，而且全部都唔啱使。見到咁嘅慘況，蓋達呀姨就更加着急。

　　「點解冇 CV 㗎？冇可能㗎喎！」
　　「全香港人都係喺嗰啲嘅網站搵工㗎啦。」
　　「你個 system 一 down 你知幾大鑊㗎啦。」

　　佢又再一次恐嚇我，不過其實佢有冇諗過，system 一 down，出唔到糧大家都係攬住一齊死。

薯仔公司嘅 IT 部門相對穩定，唔知係咪因為蓋達呀姨太耐冇請過人，已經同時代脫節咗，其實冇 CV 都已經係十常八九嘅事，就好似浮雲一樣。IT 人才喺香港供不應求，而家佢哋真係唔使自己上網搵工，只要將 CV 交畀啲獵頭公司，得閒就會有人問佢哋轉唔轉工。

日子一日一日咁過，HR 個 system 被蓋達呀姨關機嘅危機越嚟越大。HR 終日人心惶惶，我哋考慮搵獵人幫手，但係一般獵頭公司嘅收費都十分高昂，請一個人公司就可能要畀 6 位數字獵人。皇呀姐覺得畀咁多錢人哋不如留返啲資源畀公司同事，於是叫我哋啲細嘅自己諗方法搞掂佢。

雖然皇呀姐嘅諗法又冇錯，但係請唔到人又係事實，蓋達呀姨幾時發動攻擊我哋又話唔埋，然而老細一句 say no，責任又跌返落嚟我哋呢啲薯仔身上。睇嚟我哋除咗逃走、自殺同買兇殺人，對付蓋達呀姨只係剩返最後一個選擇，就係自己做獵人搵人。

而家嘅求職網站好方便，你用過佢哋嚟搵過工都知，你有權選擇公開你份 CV 畀有興趣嘅公司搵到你。而當我哋呢啲公司喺買廣告 package 嘅時候，佢哋會送啲金幣畀我哋去開求職者啲 CV 睇。今次我哋就決定用呢啲金幣嚟主動搵求職者，睇下佢哋有冇興趣搵工，就好似獵人 cold call 咁，但最大分別係 HR 唔會有 6 位數字嘅 commission。

Cold call 嘅生涯由老細拒絕用獵人嗰日開始，我哋每朝都上網搵 CV，搵到啱嘅就打電話，打完電話就食檸檬，食完檸檬又再打，終於畀我哋約到一個人上嚟見工，但結果係畀人放飛機。打完又打、屢敗屢食、食完又飛，經過兩星期奮戰終於有兩個人嚟見工，好好彩咁有一個有興趣加入成為恐怖份子，蓋達呀姨嘅危機就咁解除咗。

你喺學校讀 HR，冇人會話你知原來而家招聘係要做 cold call，就算畀你 cold call 搵到人都唔會有 commission。所以有興趣做 recruitment，又想搵多啲錢嘅，你都可以直接考慮去做獵人，不過你要知道，commission 係唔易賺的。

其實獵人收 6 位數字，我哋 HR 收三分一都爽 YY，老細們不如你哋為我哋 HR 諗諗，相信可以大大提高士氣。知喇！發你個春秋大夢吖嘛！使返喺員工身上吖嘛！你係先好講，唔係我會效忠蓋達呀姨燒晒你啲 P-file。

工都係留返
清明先見啦

　　喺香港請人，唔係每種職位喺網上面或者報紙登個廣告就會有人申請。如果係嘅話，我哋 HR 就唔使成日畀啲部門主管五馬分屍，冤住我哋請唔到人。有啲職位例如近年都好吃香嘅 IT 行業、比較需要專業嘅技術性行業，又或者一啲高級管理層職位，我哋無可避免要搵外力支持，就係 Recruitment Agency，即大家所認知嘅獵頭公司。

　　HR 同獵頭公司之間嘅關係，可以用又愛又恨嚟形容，愛嘅係佢哋有時可以極快捷地解決到請唔到人嘅問題；恨嘅可能係佢哋高昂嘅轉介費，同埋如果遇到唔專業嘅 agent，喺推銷過程出現問題，最終請着錯的人就會令 HR 工作倍增。

　　薯仔公司嘅 HR 同事華美子，最近畀 IT 部嘅冤鬼主管纏身，經常都話請唔到人，要求我哋搵獵頭公司幫拖。不過因為轉介費高昂嘅關係，必須要經過高層重重批核先可以搵佢哋幫手，最終老細們都係批咗，我哋就正式搵獵頭幫手。HR 搵獵頭公司通常都會一次過搵好幾間，邊個最快提供到適合嘅人選就可以得到獵人獎金。

　　過咗一至兩個星期左右，華美子已經收到幾份嚟自唔同獵頭公司嘅 CV。首先被冤鬼主管愛上嘅係嚟自狂野獵頭公司嘅貓仔。

正常嘅情況下，HR 為免夜長夢多，越拖越坎坷，都希望快快手了結件事，盡快請人找數，不過呢次就有少少唔順利。

當時正係三月尾四月頭，正接近打工仔最愛嘅復活節加清明節假期。負責貓仔呢個 case 嘅係狂野獵頭公司嘅 agent 鐵血戰士，鐵血戰士對於呢單 job 似乎志在必得，喺聽到華美子講有興趣約見嘅時候就開始狂野起上嚟……

「鐵生，講個好消息你聽，我哋公司嘅冤主管有興趣約見貓仔。」

「哇！多謝你呀～～我睇過佢 CV 真係覺得佢好適合你哋公司。你哋打算幾時見佢呀？」

「因為嚟緊有假期，我諗都要假期後喇。」

鐵血戰士聽到之後突然好大反應，聲音提高咗幾個分貝，由本來嘅異常興奮，變成異常淒厲，十足鐵血戰士叫聲咁。

「哇！！吓？？？咁耐？？復活節同清明中間兩日得唔得呀？」

華美子心諗使唔使咁大反應呀？殺咗你隻貓咩？咁連續有幾日假都冇辦法，中間兩日工作天冤鬼主管又放假，其實假期後都係下星期嘅事啫。

「冇辦法呀，主管中間兩日放假呀。」

「等成個星期好耐喎，貓仔假期後可能唔得閒見。」

華美子心諗你都未問點知佢唔得？「唔得呀，要等主管放完假先見得。」

「唔得㗎！你知啦，等咁耐可能佢有第二個 offer 喎。」

「咁老細真係放假嘛。」

「咁不如叫貓仔清明嗰日嚟見工吖，佢應該 ok 㗎，你哋睇下可唔可以清明返嚟見佢啦。」

你冇睇錯我冇聽錯，係清明呀！佢真係想叫我哋清明唔去拜山特登返嚟做 interview，係咪要買埋啲元寶蠟燭返嚟見佢呀？不如上山見啦好冇？呢次真係有啲留返拜山先講喇！

其實作為 agent，可以為你嘅客戶諗下，清明係法定假期，一來返咗工要補假，二來你叫個主管清明返嚟，佢真係會化成冤鬼咁冤死 HR，大吉你個利事呀！

最後鐵血戰士好無奈咁幫我地約咗貓仔清明後見工，不過好可惜，冤鬼主管見完貓仔之後覺得唔太適合。好彩我哋冇清明叫佢返嚟見人咋，唔係呢個故事都要留返拜山先同你講喇。

CHAPTER

3

存活於風暴中心的薯蓉

HR 存活於老細與同事
之間，能夠在風暴中心
嘆薯蓉，先至係修練嘅
最高境界

通知期？
有冇價講先？

　　大家返新工簽合約嘅時候，正常 HR 一定會逼你聽佢講合約。雖然好鬼死悶，但有幾樣嘢大家都要留意，例如最重要嘅人工一定要睇清楚，無理由打少咗個零你都簽落去。然後睇清楚份合約係咪你個名、你個職稱有冇錯；最後仲有樣嘢好緊要，就係你個離職通知期。雖然好多職位基本都係過咗試用期後一個月通知，但千祈唔好大安旨意諗住一定係一個月，唔同公司或職位，通知期都有機會唔同的。

　　薯仔公司嘅人力資源部迎嚟炸薯部今個月第 10 封辭職信，炸薯部一向都係一個 turnover 極高嘅部門，尤其是而家係轉工旺季，10 封辭職信都應該仲有上升嘅空間。炸薯部主管游炸鬼通知我哋嘅時候，明顯比收到之前嗰 9 封信時更加沮喪……

　　「喂……又一封信喇……今次到 Mary 姐呀。」

　　聽慣咗嘅我已經麻木咗……

　　「哦……Mary 姐，做咗好耐喇喎，有冇講原因？幾時 last day？」

「佢話想轉環境喎，畀足一個月通知走。」

「好啦⋯⋯send 封信畀我做嘢啦。」

如果你喺現場聽嘅話，你應該只係聽到兩隻喪屍喺度嗚叫，發出陣陣哀怨嘅嗚嗚聲。

一個月通知，我哋通常都會記錄低先，因為下個月先需要計 final payment，所以唔係而家要即刻做嘢。通常收辭職信，我哋都有一個指定動作，就係會 check 清楚個 last day 有冇問題。因為有好多人辭職都唔識計 last day，一時計多日，一時計少日，一時亂咁計，所以一定要睇清睇楚。撳一撳電腦，一 check 就知 Mary 姐個 last day 出晒事。

Mary 姐喺薯仔公司都炸咗薯仔十幾年，佢中間有升過職，升職時佢簽咗一封升職信，喺升職加薪同時亦都更改咗佢個通知期，由一個月改為兩個月。

我諗主管游炸鬼都唔記得咗呢咗件事，所以 Mary 姐話一個月佢就以為真係一個月。我拿拿臨通知游主管，叫佢同返 Mary 姐講係兩個月先啱。唔知點解我覺得游主管聽到呢個消息嘅時候，暗暗地喺度野口式偷笑，似乎佢真係好想 Mary 姐可以陪多佢一個月。

過咗冇幾耐，我電話突然響起，電話入面傳嚟穿破耳膜嘅音波，係傳說中講嘢好有中氣嘅 Mary 姐呀！

「喂～～～～～～～」

其實 Mary 姐有冇諗過佢第一句已經整聾咗人，人哋係唔會再聽到佢之後想講咩……

耳鳴咗一陣之後，我將個電話離開隻耳仔 20cm 左右，依然可以清晰地聽到 Mary 姐講嘢。

「喂！你話我個通知期係兩個月？有冇韭菜呀你？」

「係呀，你睇返自己封升職信有寫㗎。」

「吓？？？升職？我有升過職咩？？？！！」

呢句講得仲大聲，我枱面隻杯好似出現咗裂紋。不過 Mary 姐你係咪因為講嘢太大聲震傷咗自己嘅記憶體？升職都可以唔記得？

「係呀～你兩年前升㗎！」

「又好似係喎，但係有改咗通知期咩？」

「有呀，你拎返封信睇，你有簽名㗎！」

「係咩？不過我封信都唔見咗啦……」

呢個時候，Mary 姐講嘢個 tone 突然發生 180 度轉變，佢由

一頭兇猛野獸變成咗溫柔嘅小雞雞。

「靚仔～唔好咁麻煩啦～既然我都唔見咗封信～我都唔知要兩個月～你就當我一個月算啦～好冇啫～」

嗚哇～你唔好咁溫柔啦～嚇親小朋友呀～

咩叫「當」呀？人哋白字黑字寫明嘛。你唔好諗住用咁誘人嘅聲線同我講嘢我就會放過你喎。

「我呢度有 copy 呀，你要可以隨時畀你睇。」

「靚仔～你幫我諗方法啦～可唔可以唔使兩個月呀～一個月加一星期得唔得？靚仔好心有好報呀～」

點解我突間覺得自己變咗一個好似林雪咁靚仔嘅豬肉佬？豬肉佬成日都係衰心軟平兩蚊，不過 Mary 姐實在太睇少我喇。首先我並唔係一個豬肉佬，就算係，我都係一個獨一無二，風度翩翩嘅豬肉佬。

「Mary 姐，合約嘅嘢簽咗就簽咗，兩個月就兩個月，無論點，你都係要找埋條數先走得。」

Mary 姐呢個 moment 又由一隻溫柔嘅小雞雞變返一頭兇猛嘅野獸。

「哎吔～乜咁鬼麻煩㗎！我應承咗人哋下個月返工嘛～」

「其實如果要提早離開，就要畀代通知金，即係話如果早一個月走就要賠一個月人工。」

「哎吔～賠鬼賠馬咩～邊有咁多錢賠畀你呀？算啦算啦～我自己同返嗰邊講！」

啪！

Mary 姐就咁 cut 咗我線，之後我就冇再收過 Mary 姐嘅電話，後嚟游主管話 Mary 姐肯改返封信，兩個月後先 last day，游主管對於呢個結果表示十分歡迎。

留意返

我哋簽任何公司文件嘅時候都一定要睇清楚，合約嘅嘢簽咗就簽咗，唔會有價講，如果有任何疑問，最好都係喺簽之前提出。同埋呢啲文件一定要妥善咁貯存好，需要嘅時候就自己搵返出嚟睇。

暑期實「雜」生的惡夢

　　每年二、三月或者甚至更早，好多公司嘅 HR 已經開始喺香港各大院校招聘暑期實習生（Intern）。暑期實習生嘅意義係可以畀機會學生喺真正進入職場前做足準備，同時又可以為公司舒緩人手不足嘅問題，可以話係大家都有 so。不過因為 Intern 始終冇乜工作經驗嘅關係，佢哋入到公司通常都需要有人特別照顧，如果遇到好人就終生受用，但如果遇到衰人就會成為畢生難忘嘅惡夢。

　　巴打 Lee 呢一年暑假決定咗去薯仔公司實習賣薯仔。佢第一日返工時表現得非常興奮，完全表現出同學愛新鮮呢個硬道理。佢迎新嘅時候問呢樣問嗰樣，似乎非常期待佢嘅新工作。巴打 Lee 今次會去到薯仔公司嘅銷售部實習，有時要出去舖頭幫手賣下薯仔，而銷售部喺舖頭亦都安排咗一位經驗豐富嘅經理照顧佢嘅起居飲食。

　　巴打 Lee 喺薯仔公司嘅實習期係三個月，唔經唔覺已經過咗一半，因為佢唔係成日喺 office 做嘢嘅關係，我哋一直都好少機會見到佢，直至有一日我係公司走廊撞到佢。

　　巴打 Lee 無厘神氣、目光呆滯，同第一日返工朝氣勃勃個後生仔判若兩人，而家嘅佢十足十一個星期一唔想返工嘅打工仔，莫非呢短短個幾月嘅洗禮已經令佢明白到現實嘅殘酷？

我同巴打 Lee 打咗個招呼，佢皮笑肉不笑咁應咗我一聲，作為一個負責任嘅 HR，關心下 Intern 係非常應該嘅事。

「呢個零月你做成點呀？」

巴打 Lee 望住我嘅眼神已經話咗畀我知佢應該做得唔係幾開心，佢苦笑住咁答我：

「OK 啦……」

睇佢個樣就知佢開不了口。

「係咪做得好辛苦呀？」

佢望住我嘆咗一口氣，然後就話：

「辛苦就唔算辛苦嘅，不過……好似……做嘅嘢同你哋之前講嘅有啲唔同囉。」

部門叫啲 Intern 做無謂嘢都唔係第一次發生嘅事，睇嚟呢次都唔例外。

「係呀？點樣唔同呀？落到舖頭佢哋叫你做咩？」

講到呢度巴打 Lee 又有返啲朝氣，睇嚟佢等咗一個肯聽佢訴心事嘅人好耐。

「呢個半月我落到舖頭經理通常都係叫我幫手 file 下啲文件、執下單、整下價錢牌，仲有有時要打掃……」

「佢哋有冇同你講幾時安排你做下其他嘢呀？」

「冇喎……我日日去到佢都係畀呢啲嘢我做！我其實諗緊好唔好唔做喇！」

巴打 Lee 越說越激動，這失寵感覺怎形容。又好難怪佢想走嘅，當初話畀佢聽份工可以學下銷售，但而家做咗一半都冇機會，想唔做都好正常。

「我可以幫你了解下嘅，睇下佢哋有冇咩安排。」

「哦好呀！仲有呀！！」

咁難得有個人咁關心佢，睇嚟巴打 Lee 想一次過爆晒出嚟。

「佢……佢哋……佢哋有一次叫我幫手洗廁所呀！」

天呀！洗廁所？？因乜嘢事要個 Intern 洗廁所呀？到底佢哋諗緊乜？照計薯仔公司係有外判清潔工人，呢啲嘢唔使 Intern 做掛？

「佢哋叫你洗廁所？點解呀？」

「有一日個廁所塞咗，佢哋叫我入去幫清潔姐姐通一通喎。」

（澄清：係幫清潔姐姐通一通廁所，唔係幫清潔姐姐通一通。）

真係難為巴打 Lee 喇。再咁落去，睇嚟巴打 Lee 做完呢份 Intern，可以出去寫一本《暑期實習血淚史》。我同巴打 Lee 講會盡力同佢反映，希望部門可以更加適當咁安排佢嘅工作。

返去之後我將呢件事反映返畀皇呀姐聽，皇呀姐聽到呆咗。佢之後應該有將呢件事同返銷售部主管講，後尾再見到巴打 Lee 嘅時候，佢話多謝我，因為佢唔使再做埋啲打雜嘢，做得開心咗。

Intern 嘅原意係畀學生一個實習機會，應該以實習同學習為中心去安排佢嘅工作。可惜好多公司都視佢哋為額外嘅人力補充，如果做嘅嘢有挑戰性、同工作性質相關都還好，但如果係幫手做下啲下欄嘢，例如 file 下嘢、執下櫃、洗下廁所，咁佢哋做完最多只係攞到份工作證明，真正得着真係冇幾多。

我是慷慨
至尊寶

有一種主管好慷慨，求職者無論任何天氣都會全程投入地愛佢哋，因為佢哋一定會一次過滿足晒求職者所有願望。薯仔公司有一個部門主管叫至尊寶，佢對求職者同下屬嘅慷慨冠絕全公司，有幸做到佢下屬可能幾開心，不過做 HR 對住佢真係暈喺度。

有一次我要幫佢請人，程序係由佢去做第一次面試，而 HR 做第二次面試，當佢搵到合適人選就會將啲資料交畀我。有一日我收到至尊寶興高采烈嘅來電，佢話佢終於揀到個有經驗嘅 candidate，叫我即刻約佢見工。

到咗 interview 當日，呢位得到至尊寶青睞嘅年青人叫經驗之鬼，叫佢經驗之鬼係因為佢嘅工作經驗同鬼一樣唔係普通人見得到，而我就只係普通薯蓉一件。

同佢傾咗好耐，了解到嘅係：

佢係一個 Fresh Grad.，同埋有少少 freelance 經驗，仲要係一兩單幾日貨仔。

咁好啦，呢啲情況其實都係當 Fresh Grad. 咁睇，睇到佢寫嘅

expected salary 都係合理嘅，於是我再同佢確認一下。

「你要求嘅人工係咪呢個銀碼呀？」

經驗之鬼突然露出古怪嘅眼神，面露尷尬神色。

「其實……唔係……」

唔係？但係個人工係佢自己寫㗎喎……

嗚哇～～一萬呀！一萬蚊可以打 2XX 5 個零 call 上校買一千杯薯蓉呀。同埋一萬蚊人工唔知要加幾多年先加到，好多做咗 N 年嘅同事都冇呀。經驗之鬼未返工先加人工，真係好幸福。於是我再問一問經驗之鬼：

「佢真係咁同你講？」

「係呀。」

「咁你自己覺得點？」

「我覺得……其實個銀碼係可以傾嘅。」

我大概已經明白個情況，至尊寶應該又亂講嘢，畀咗個超級美好嘅幻想經驗之鬼。

見完經驗之鬼，我就走過去搵至尊寶，問佢係咪同經驗之鬼講咗個咁高嘅人工。

佢沉默咗一陣然後抬起頭問我：

「你記唔記得紫霞呀？」

紫霞？係上一位拒絕咗我哋個 offer 嘅女仔，佢最後因為搵到份人工更高嘅工，所以拒絕咗我哋。

我望住至尊寶情深深眼矇矇嘅眼神，彷彿佢想同我講：曾經有一個真摯嘅 candidate 企喺我面前，如果要我畀個銀碼，我希望係多一萬元……紫霞～紫霞～～

相信至尊寶因為覺得上次畀得唔夠多紫霞，所以覺得今次要畀多啲。

「唔好癲啦！」我真係好想同佢講⋯⋯

「呢個數真係冇可能畀到，如果你真係覺得值嘅話，你 list 啲原因出嚟畀我，我幫你畀老細睇。」

可能至尊寶心知自己唔會 list 到合理嘅原因，就算 list 咗，上面啲老細應該都會覺得佢黐線，所以佢最後都係放棄咗。至於經驗之鬼，我哋最後都係 offer 返之前佢要求個人工畀佢，而佢亦都接受咗。

我明白對於至尊寶嚟講，最重要就係請到人，啲人唔會走就得。不過佢可能冇諗過羊毛出自羊身上嘅道理，使多咗嘅，其實都係喺 staff cost 入面扣返，而且用多咗錢請新人，又會造成對現職同事不公嘅問題。事實係公司資源有限，HR 嘅任務唔係要 cut 人工，而係要幫公司維持一個合理嘅薪酬架構。為咗達到呢個目的，「HR 唔畀加咁多人工」之說就從此流傳民間，HR 亦從此成為萬民討厭嘅惡魔。

想慳錢？
搞 HR 啦！

　　培訓呢家嘢，喺某啲公司入面係重點項目，但喺某啲公司就可有可無。有 budget 咪搞下囉，冇 budget 咪唔搞囉。不過有啲老細就覺得唔搞又會有少少樣衰，但又唔捨得大搞，咁點算好呢？好簡單啫，HR 幫到你！

　　喺講故仔之前，簡單介紹下 HR 入面嘅 Training Department。Training Department 喺 HR 入面可大可小，佢分為「大細冇」三個 size。「大」嘅 Training Department 會有好多內部嘅培訓導師，佢哋各有專長，例如有人專教銷售技巧、有人專教管理技巧等等。佢哋大都經驗豐富、身經百戰，可以親身落場以導師身份指導員工。不過，要聘請有經驗嘅內部培訓導師成本唔低，所以好多公司會選擇外判導師。

　　「細」嘅 Training Department 裏面，可能都會有培訓導師，但一個起兩個止，身兼多種培訓項目之餘仲要統籌埋外判嘅培訓。

　　最後一種就係「冇」，冇嘅意思就係 HR 入面係唔存在 Training Department。不過冇都可以分兩種，一種叫「少少冇」，一種叫「完全冇」。「少少冇」就係年中搞一兩次咁，佢哋都一樣多數用外判導師，而統籌工作就由一般 HR 兼任。「完全冇」就係完全冇嘅意思，老細都唔知咩叫培訓。

如果一間公司完全冇 Training Department 係咪就冇培訓？正所謂色即是空、空即是色，喺如來老細眼中，唔存在嘅嘢有時都係需要存在的，呢個故事就係發生喺一個完全冇 Training Department 嘅公司入面。

栗子公司喺炒栗子界都薄有名氣，都算係一間老牌大公司，不過佢哋一直都係一間完全冇 Training Department 嘅公司。一直以嚟如來老細都唔覺得需要搞培訓，不過有一日佢唔知聽邊個 friend 子講起搞培訓，所以佢又想搵啲嘢搞下。

如來老細最近覺得部門主管們有需要提升一下同下屬溝通嘅技巧同埋管理技巧，於是就下達旨意叫 HR 搵啲相關課程畀佢參考，呢個重任今次就交咗畀 HR 同事咕喱哪吒負責。

咕喱哪吒喺 HR 界都滾動咗好幾年，專長係做 payroll。佢今次收到如來老細呢個要求之後搵咗好多培訓課程，最後搵咗 5 個出嚟呈上去畀如來老細參考。

如來老細睇完之後覺得價錢有啲貴，原本諗住唔搞算數，但係佢忽發奇想，諗咗條絕世好橋出嚟。

「咕喱哪吒，你上次交畀我睇嗰 5 個課程我睇咗喇。你覺得邊個最好？」

「我就覺得第一間個導師經驗比較豐富，應該幾啱用。」

「不過貴咗啲喎。」

「但係你睇下個 Trainer 以前都 train 過好多大公司㗎。」

「你都講得啱。」

咕喱哪吒心諗，以如來老細嘅性格，10 次有 10 次都揀最平嗰間，今次竟然表示同意，佢暗暗覺得一定有古怪，諗到呢度已經有一股不祥預感，莫非今日係世界末日？

「唔……咁好啦，就第一間！」

哇！真係世界末日呀！好掛住呀媽呀！如來老細竟然揀最貴嗰間！喺咕喱哪吒仲諗緊要同呀媽講咩嘅時候，如來老細就繼續講……

「你準備去報名上堂啦，趁星期三你放工去上 O 唔 OK？」

咕喱哪吒都未回過神，好似聽到老細叫佢去上堂。佢想再確認一下：

「我去上？」

「係呀。」

「唔係叫 5 個栗子主管去上咩？」

「唔係呀，係你去上，上完返嚟教佢哋。」

咕喱哪吒聽到呆咗，佢唔係好相信自己嘅耳朵，一時都唔知畀咩反應好。

「但……我唔知點教喎。」

「你上完將啲嘢覆述返出嚟就得。」

到呢一刻咕喱哪吒仲好難相信如來老細會講出咁唔合符邏輯嘅說話，如果上完堂就可以出嚟教班主管，咁個個都可以去做 Trainer 啦！

咕喱哪吒想作最後掙扎……

「我冇管理經驗，又冇培訓經驗，咁樣唔會教得好。」

如來老細只係覆咗佢一句：

「記得趁有 Early Bird 早啲報名喎。」

之後就叫佢返出去做嘢。

咕喱哪吒返出去望一望個培訓導師嘅資料：N 年管理經驗、做過 N 間公司管理層、培訓過 N 間上市企業……

如來老細竟然要佢代呢個人去 train 班主管，到底係咩邏輯？

最後咕喱哪吒好努力咁上堂、好努力咁抄 notes、好努力咁 OT 寫教材，然後親自做 Trainer train 咗 5 位主管。不過啲主管只係覺得佢紙上談兵，自己經驗仲豐富，唔知點解要聽呢個做 payroll 嘅黃毛丫頭講管理，聽完就各散東西，幸福快樂咁生活落去。

同一個培訓，5 份 1 嘅價錢，如來老細幫你格盡至抵價！如來老細覺得自己用 5 份 1 嘅價錢，成功搞咗個原本 5 倍價錢嘅培訓，繼續沉醉喺自己嘅英明能幹當中。

你哋 HR 嚟㗎喎！

　　只要你喺一間有咁上下規模嘅公司工作過，你就會明白有時要搵老細簽個名係好困難嘅事。如果有啲情況唔係淨係要一個老細簽名，而係要同時集齊幾個簽名，咁就仲難過集齊 5 粒無限寶石，隨時宇宙冇咗一半人口你仲未簽完份文件。

　　最近薯仔公司進行緊一個皇上皇指明不能延誤嘅 project，而呢個 project 有一份 top urgent 嘅文件，需要經過幾個部門處理、所有主管簽名後再交畀會計部開支票。唔知皇上皇係咪覺得 HR 太得閒，所以將統籌呢個咁重要嘅任務交咗畀 HR 做。

　　搵老細們簽名係一個同時間競賽嘅遊戲，一個又話放假、一個又話出 trip，然後呢個又話要多啲時間睇，嗰個又話要改嘢，大佬呀！冇時間喇！Deadline 前簽唔到宇宙就要毀滅喇。追簽名嘅過程歷盡艱辛，終於有一日 HR 集齊所有簽名，下一步就係將佢交畀親愛嘅會計部。我覺得如果我哋 HR 畀人話惡，親愛嘅會計部應該係好很惡，所以要用「親愛」以示尊重。

　　面對住親愛嘅會計部同事淑慎姐，我將呢份我哋歷盡艱辛、走過懸崖峭壁先集齊所有簽名嘅文件交畀佢。

「參見淑慎姐，呢份文件皇上皇話要趕出票，可以嘅話請盡快處理！」

「放低啦，本官得閒幫你搞。」

聽到淑慎姐叫我放底真係令我鬆一口氣，因為如果佢唔想幫我，應該會話：「今日本官唔收嘢，明天請早。」

今次淑慎姐雖然表面上話係「得閒幫你搞」，但同淑慎姐交手咁耐，我知道佢嘅意思其實係會即刻幫我搞。我懷着敬意咁同佢講：

「係，微臣先行退下。」

當我以為終於一切安好，事隔一日，淑慎姐突然打電話嚟搵我。

「大膽奴才！你份文件寫得唔清唔楚，你叫本官點出票呀？」

其實份嘢唔係唔清楚，只係寫得有啲複雜。呢份文件入面有好多條數要找，細心啲睇就會睇得明，於是我好細心咁解說畀淑慎姐聽。

「親，呢度係咁咁咁⋯⋯」

「哇！咁鬼亂！」

「親⋯⋯其實⋯⋯」

「快啲叫佢哋改完再簽過啦！」

「親，要再簽過真係有啲困難⋯⋯」

「喂！你哋 HR 嚟㗎喎，唔係咁都唔得呀？」

「你哋 HR 嚟㗎喎。」呢句說話尊敬得嚟，唔知點解又帶少少輕蔑，好容易觸動到 HR 嘅神經。喺好多行外人眼中，可能覺得 HR 係一間公司權力嘅核心，所以會覺得 HR 做起嘢上嚟都比較容易，但事實係 HR 好多時都係核心嘅外圍嘅外圍。

淑慎姐大概覺得我哋 HR 一聲令下要全世界改過晒啲嘢好容易，但事實係冇理由因為淑慎姐你一個人睇唔明而重新去集齊啲寶石。

EQ 有咁上下修行嘅我當然唔會同佢嘈，我保持敬意嘅講：

「親，呢份文件係複雜但其實好清楚，有兩個老細去咗火星，冇可能再集齊啲簽名喇，拜託你幫幫手！」

最後淑慎姐話畀佢老細睇下有冇問題，結果都係好順利咁出咗啲支票。「HR 大晒」係好多人對 HR 嘅誤解，如果 HR 真係大晒而你公司又有一個好 HR，大家嘅公司福利可能會好一點、活動可能會精彩一點、OT 補水可能會多一點，甚至人工都可能高一點。

老細你
講少句當幫忙

　　負責做 Exit Interview 嘅 HR 有個好處，就係喺 Exit Interview 入面你會知多好多關於公司嘅嘢，包括公司其他部門嘅運作模式、工作流程、部門主管嘅管理作風、人物性格以及同事相生相剋關係圖等等。呢啲都可以令你更加了解你間公司，可以好好運用喺工作上面。

　　最近青瓜公司嘅 HR 同事張大勇發現，銷售部近呢兩個月有好多經理離職，但喺 Exit Interview 裏面，佢哋都係講啲好行嘅離職原因，例如想轉下新環境呀、有好啲嘅 offer 呀、照顧屋企人呀、新公司人工高啲呀等等。但咁多經理同時離職，甚至有啲年資好長嘅都遞信走人，張大勇神探一般嘅直覺話佢知，呢件事一定事有蹺蹊。佢呢個疑惑一直都冇辦法解開，直至到佢遇到徐副經理。

　　徐副經理做 Exit Interview 呢一日已經係佢嘅 last day。Last day 過嘅朋友都知道，呢日會好鬼忙，又要派散水餅又要吹水，唔好彩嘅到最後一日仲會畀老細捉住 handover。呢日忙到甩褲嘅徐副經理嚟到 HR 時，時間已經係下午 5 點半。

　　徐副經理行入嚟嘅時候已經全副武裝，執好晒嘢，拎住一袋二袋準備走人，睇嚟佢已經下定決心，行得出自己部門個門口就唔會

再踏返入去半步。

徐副經理一坐低，就露出輕鬆嘅眼神、從容嘅笑容，展露出一張典型 last day 臉。佢放鬆嘅心情就如同佢肚腩一樣咁鬆弛，彷彿一切已經如浮雲一樣唔關佢事。張大勇拎起徐副經理預先填好嘅 Exit Interview 表格，見佢寫住嘅離職原因係：appraisal 不公及公司前景唔好。今次唔使神探嘅預感，一睇就知徐副經理有啲嘢想爆。

「徐副經理，你喺張表上寫咗幾個離職原因，可唔可以詳細講下呀？」

「可以～我入咗職幾年，其實從來未做過 appraisal。」

「吓？未做過？」

「我老細從來都唔會同我傾，每次都係單方面填好晒就叫我簽名算，咁樣都算 appraisal 咩？」

張大勇單手掩臉，發出「啊！」一聲。有啲主管就係咁，仲難教過而家啲細路。無論你教佢哋幾多次，佢哋都選擇無視。

「徐副經理，你都知啦，近排你都有好多同事走，呢個會唔會係你哋走嘅原因？」

「唔係喎！係因為老細同我哋講咗啲嘢。早兩個月開會，老細同我哋講下年冇人工加喎。」

吓？冇人工加咁大鑊？早兩個月只係 5 月，咁快講會唔會絕望咗啲？

「佢仲話佢自己都好擔心喎。」

張大勇心入面再次單手掩臉，發出「啊啊！」兩聲，真係聽到人「心花放」。老細你可唔可以講少句當幫忙？邊有老細自己散播壞消息？正路應該係諗方法激勵大家，而家你咁悲觀，傻嘅都知會影響軍心啦，搞走晒啲人然後又同 HR 講唔夠人用，到底係咩玩法？

張大勇有一秒鐘諗過，其實佢係咪想啲人自然流失，唔使賠錢炒佢哋，又或者係想大換血？但呢個諗法實在太高估佢，想大換血都應該會諗過啲人走晒點收科，至少會諗定條後路，搞定新班底。事實係佢只會打電話嚟大叫：「你有冇人畀我見呀？我個部門就快運作唔到喇！」

「你自己搞走晒啲人又係咁催我哋要人，然後就話我哋 HR 請唔到人影響你哋運作，其實係邊個影響緊邊個呀？」

當然呢啲說話 HR 只能長埋地底，主管點管人、點用人、講啲咩，呢啲都未必係 HR 能夠干涉嘅範圍。如果有啲老細生性啲，6+1 少陣當幫忙，公司流失率隨時低幾個百分點。

老細你都係
收手啦

好多人話，HR 成日都淨係同老細為伍，高高在上不知民間疾苦。但其實 HR 日日對住腦細嗰種疾苦，又有誰能夠明白？

叫你老細定腦細？係代表員工對老細嘅一種評價。個人修養、做人態度、待人接物等等呢啲都係決定性因素。青瓜公司嘅 CEO 叫蟻俠，佢喺呢間公司服務咗好多年，以 Micro Management 聞名。小至買擦膠，大至簽合同，公司內嘅大小事務都要佢掂過先可以實行。最近公司業績一般，而且面對高流失率同招聘困難嘅問題，經常出現喺蟻俠身邊嘅 HR 就首當其衝。

「你哋平時點請人㗎？」

「你哋用咩方法請人㗎？」

「喺邊度登廣告呀？登廣告幾錢呀？」

「幾耐出一次呀？」

「你哋做個 report 出嚟畀我睇！」

好啦，做咗個 report 出嚟之後⋯⋯

「有冇搞錯呀？登報紙咁貴嘅？以後唔好登喇！」

「登得咁密都冇用，做咩繼續登？」

「出去招聘會有用咩？收得幾份 CV。」

腦細，唔登廣告咪更加請唔到人，唔出去招聘唔通坐以待斃咩？結果睇完一輪 report，結論都係叫 HR 自己繼續諗方法請人。

既然請人難，就應該更加重視流失率嘅問題。如果可以更有效留住員工，就唔使請咁多人。公司業績唔好，講加人工自然困難，不過要留住員工有時唔止係講錢，仲要講埋個心。以下呢啲事件，就可以畀員工窺探到蟻俠腦細個心。

事件 1

話說青瓜公司嘅午飯時間係下午 1:00-2:00，有時有啲同事可能會食耐咗，遲咗少少返嚟，但一般嚟講不明文規定 15 分鐘內係可以接受嘅。但係有一次老細同 HR 開會，就話自己見到啲同事遲過 2:15 返嚟，要求 HR 出張 Memo，叫啲同事一分鐘都唔可以遲。雖然 HR 質疑過係咪有咁嘅必要，但老細就堅持要出。開完會之後，HR 決定擇日再戰，嘗試再說服下老細。

喺開完會之後幾日，公司內部開始傳出一個傳說……「聽講腦細晏晝 1:55 開始就會企喺窗邊望住條街，到 2:15 左右先會坐返低呀。」

為咗證實呢個傳聞，HR 派出探測器 RX-78 小達，喺 1:55 去腦細房外偵察。只見腦細 1:55 分左右真係企起身走向窗邊，手執住一件普通人日常好少用嘅偉大發明 — 望 — 遠 — 鏡。由於佢間

房可以望到樓下進入正門嘅必經之路，只見腦細一直用望遠鏡監察條路，應該係想睇下邊啲同事食完飯遲返嚟！

嗚哇！呢啲係咪真正嘅食飽飯冇嘢做？腦細你唔係日理萬機嘅咩？做咩咁得閒呀？仲有呀，對面大廈會唔會以為呢度有偷窺狂㗎？？

HR 各同事收到呢個消息都表示震驚，腦細對呢單嘢睇嚟好認真。而且估計腦細係特登畀啲同事知道佢監察住佢哋，所以特登唔關房門畀大家知道佢偷窺監察緊大家㗎！

事件 2

因為栗子公司有培訓津貼，只要同事讀一啲同工作有關嘅科目就可以申請。話說有一次，炒栗子部嘅同事 A 同埋同事 B 一齊申請放工後去讀同一個課程，理論上兩個都合資格攞到津貼，不過蟻俠腦細睇住呢兩份申請嘅回應係：

「哼！佢哋唔想 OT 之嘛！」

結果佢兩份都唔肯批，但問題係公司已經有準則，兩個都合資格，所以兩個都應該批。可憐嘅 HR 都唔知點同人解釋，喺同腦細討價還價之後，蟻俠最終肯讓步，但都係批住一個先，下一個就話下次先批。

其實呢啲看似細微嘅事情可以非常影響民心同士氣，喺日積月累下，所有員工都會知道自己腦細係個咩人、佢用咩邏輯思考、如何同員工計算。做細嘅，有邊個唔想有個明白事理，有領袖魅力、能夠帶領公司大方向、鼓舞士氣嘅好老細？腦細你成日問 HR：「有咩辦法留住啲人？」留人要先留住個心，或者首先你可以唔好喺我哋後面做咁多小動作倒米開始。

交人名單
的荒謬

裁員係一件十分令人沮喪嘅差事，當大老細宣佈要裁員，各部門主管就要為交名單而煩惱。同時，風聲就會傳遍整間公司，邊個部門要炒幾多人、邊個一定會喺名單入面……人心惶惶唔知會唔會炒到自己。HR 嘅同事當然都會有同樣嘅恐懼，但我哋驚都要做嘢先。如果裁員規模大，我哋之前嘅準備工夫就更多。到完成咗裁員工作，我哋先可能知自己有冇份。

喺一個風雨交加嘅早上，自己份人工剛剛加完嘅大老細喺高層會議入面宣佈，薯仔公司因為業績唔好，為咗節省成本所以要分階段進行裁員。首先要交名單嘅係公司最大嘅部門種薯部，種薯主管 D 君被要求喺一星期內決定名單，然後交畀 HR 準備裁員。

種薯部係公司最大嘅部門，對於要犧牲邊啲同事，呢件事令主管 D 君非常頭痛。D 君今次做咗 deadline fighter，喺 deadline 嗰一日先決定好名單，結果搞到 HR 都要陪佢做 deadline fighter，趕住喺發信 deadline 前準備好所有裁員嘅工作。

喺裁員嘅陰影籠罩下，成間公司嘅氣氛都十分異常。不過無論幾異常都好，我哋都要盡快準備裁員嘅文件、計算同事嘅賠償。喺收到 D 君嘅裁員名單之後，我哋逐一睇下個名單有冇特別問題，突然我發現有一個「估你唔到」嘅人名出現。

呢位令我覺得非常意外嘅同事叫陸 Ling，點解我咁記得佢？係因為據我所知佢係一位表現一直都唔錯嘅員工，我最近仲幫公司出咗一封表揚信界佢，肯定佢嘅工作表現。今次裁員名單竟然有佢份，莫非佢得罪咗 D 君，成為辦公室政治下又一個冤魂？

　　呢單嘢疑點重重，根據我福爾魔薯嘅猜測，陸 Ling 除咗得罪咗 D 君，仲有兩個可能性，一係佢衰樣衰、二係 D 君認錯人。雖然咁重要嘅嘢照計唔會搞錯，但為咗確認呢件事，我都係打咗個電話界 D 君。

「我擺佢落去係因為我有兩個同事小雲同小吉同佢合作過一次，話佢表現麻麻地喎。」

嗚！原來陸 Ling 得罪嘅唔係 D 君，係小雲同小吉呀！畀人講咗兩句壞話就被擺落裁員名單！辦公室呢個地方真係好黑暗呀媽媽！

「其實佢工作表現一直都幾好，我哋仲啱啱出過表揚信畀佢。」

「係咩？我唔知喎。」

「你有冇搵佢 supervisor 傾過呀？佢 appraisal 對佢評價都唔錯。」

「係咩？我冇傾過呀，咁我搵佢傾傾，你幫我 hold 一 hold 住先。」

如果冇打去確認咪隨時殺錯良民？陸 Ling 咪死得好慘？大佬呀！嘢可以亂食，裁員名單呢啲嘢點可以亂填㗎？會害人一世㗎！於是我哋要求 D 君列明啲原因先好 send 個 list 落嚟。

結果 D 君因為要重新再睇下個名單，佢由 deadline fighter 變成 deadline Loser，而我哋 HR 就要變成 super deadline fighter，剩低可以做嘢嘅時間又變得更少。最後 D 君更新咗個名單，陸 Ling

同另外幾位同事都被剔除咗。

　　因為係裁員嘅關係，同事一般都唔會有抗辯嘅權利，雖然我哋改變唔到裁員嘅決定，但至少都希望可以做得公平少少。因為，HR 唔係淨係對老細負責，亦要對同事負責。

HR 的
颱風日常

喺颱風接近期間，睇天文台嘅颱風路徑圖成為咗香港打工仔每日嘅指定動作。就算你唔得閒睇，身邊都總有一兩個同事會定時定候同你報告最新風暴消息。全香港人都會觀察住李氏力場可唔可以抵擋得住個颱風，隨住時間過去，如果天文台預測佢會喺香港附近登陸，一般打工仔就好關心會唔會有颱風假。本來颱風帶嚟嘅額外假期對好多打工仔嚟講係好消息，不過喺 HR 呢個部門入面，每次打風前都要做足準備，迎接暴風前嘅衝擊。

1. 電話湧浪

每次颱風來襲，首當其衝嘅都會係 HR 個枱頭電話。喺颱風前夕，無論打唔打得成都好，HR 嘅電話會出現大浪及湧浪，聽到你大汗疊細汗。同事一浪接一浪咁查詢打風日嘅返工時間分界線，就算可能你已經答過 N 次，但唔知點解每次都有咁多人打嚟問。電話湧浪更會持續一段時間，並於接近放工時間逐漸增強。建議 HR 每次打風前都將公司嘅颱風政策以電郵傳送一次畀全公司，以盡力降低電話海嘯發生嘅可能性。

2. 改見工時間

對於面試頻繁嘅公司嚟講，打風當日 HR 可能已經預約咗大批

求職者面試。HR 宜預先通知將會嚟見工嘅求職者，通知最新安排或更改面試日期，以防見工奇行種於颱風高掛期間突襲公司，要求暴風中面試以表誠意。

3. 趕唔切 payroll

　　如果颱風襲港期間正值月中 payroll 大潮，HR tray 頂很大可能會出現大規模山泥傾瀉。為防颱風假後被活埋，HR 從業員應考慮預早 OT 以防打風做唔切嘢。如有需要，颱風過後亦需提早返嚟清理現場，以防出唔切糧，引發 HR 末日。

4. 取消培訓／員工活動

　　除咗負責招聘及出糧嘅 HR，負責培訓嘅同事亦要留意颱風當日有冇安排 training，盡快發出改期通知及重新安排，以免有人以為可以側側膊唔使上堂。如果當天有安排員工活動，負責同事亦要通知大家最新安排，避免同事以為公司側側膊取消活動。

5.Warning Letter 進行戒備

　　如果個颱風唔生性只係掛半日就落坡，公司可能會出現「唔覺意」曠工或遲到嘅現象。雖然 HR 已經喺事前提過無數次颱風上班安排，但都可能會出現「唔知道落坡要返工」嘅同事。如果有人冇合理解釋而曠工或遲到，HR 好可能要秉公辦理，因此請準備 Warning Letter 戒備。

成魔之道

HR 雖被冠以邪惡之名，
但要做，都要做個成魔
有道嘅惡魔

HR 的同理心

　　講到尾，HR 都係打工仔一名，雖然成日同啲老細打交道，但唔好因為咁而想像自己係皇上身邊嘅大紅人，自覺高人一等咁。無論你離皇上多麼近，你同其他同事一樣，都只係一個畀夠代通知金就可以叫你走嘅小職員。只要你明白你同其他人一樣，你就應該明白做嘢時要有同理心嘅重要性。同理心就如同返工要有 common sense 一樣咁重要。不過，根據 CSNC 定律（The Law of Common Sense is Not Common），common sense 唔一定人人有，同理心都一樣。

　　而家請一個新人前，HR 通常都會做一個 reference check，攞到準同事嘅授權之後就會去搵舊公司 check 下佢啲工作經驗係咪堅嘅。呢日我哋收到一份嚟自黃瓜公司嘅 reference check 表格，希望核實薯仔公司一位同事車輪子嘅僱傭紀錄。呢份表格交咗畀 HR 嘅一位新同事葡提子負責處理，佢喺電腦撳咗幾個掣之後就發現咗樣嘢⋯⋯

　　「噫～呢個同事車輪子，點解我搵唔到佢嘅辭職紀錄嘅？」

　　「係咩？等我睇睇。」

喺電腦裏面果然搵唔到車輪子嘅辭職紀錄，於是我問佢：

「你有冇收過 hard copy 呀？」

「冇呀，尋日先同佢哋部門主管確認過今個月冇人辭職。」

咁嘅情況其實只剩返兩個可能性：

1. 部門主管刻意唔講畀我哋知
2. 個同事根本未辭職

同呢個主管合作都有一段時間，佢都明白收到辭職信 HR 要做嘢，所以通常都唔會隱瞞呢啲嘢。呢個情況下，第二個可能性比較大。

間唔中我哋都會收到一兩間公司喺個同事未辭職就寄信嚟做 reference check，咁就唔覺意畀我哋知道咗呢位同事有意辭職。因為 reference check 有一部分係填工作表現，所以我哋需要將份 form 交畀同事嘅上司。

唔知葡提子以前係咪好少遇到呢啲 case，佢立即好興奮咁表示：

「哇！咁即係佢搵緊工啦，我哋快啲話畀佢老細知！」

呢個提議看似好合理，作為公司代表，我哋好似有責任要畀主管知道有同事想走，但係呢件事如果從同事嘅角度諗又會點？於是我建議葡提子停一停諗一諗：

「咪住先，我哋係咪應該問下個同事會唔會想自己同老細講呀？否則咁樣我哋可能會破壞佢哋之間嘅關係喎。」

「吓？但係我哋唔係應該早啲畀主管知咩？」

「由我哋開口，件事就會搞到好尷尬。調轉係你都唔想咁樣被辭職啦，而且個同事可能都仲考慮緊，都唔知係咪真係 take 個 offer 喎。」

「我以前喺舊公司都係咁做嘅，都冇咩問題⋯⋯」

最後葡提子都唔係好認同我嘅講法，於是成個 case 交咗畀我跟。我決定做返個有血有肉嘅人類，打咗個電話同車輪子講：

「我哋收到黃瓜公司嘅 reference check 要求，而我哋又未收到你嘅辭職信，你會唔會想自己同咗老細講先？」

佢對於我哋收到份 reference check 表示有啲驚訝，但表示好希望親自同老細講。

「好呀，我聽日會同老細講咗先。」

「好，咁你聽日講完通知我，我就會幫你完成呢份 reference check。」

「多謝你！」

如果你永遠淨係從公司嘅角度諗，當然會覺得直接通知老細係冇問題。但如果你從同事嘅角度諗，你會唔會想你未辭職，老細就知你想辭職？做人要有同理心，做 HR 更加需要。幫公司諗之餘，都要幫埋同事諗，咁樣大家先可以溫馨快樂咁一齊生活落去。

HR以身作則是常識吧

如果警察唔守法，正路嚟講應該要罰得比一般人重，因為佢哋知法犯法。雖然呢個邏輯我唔知仲 work 唔 work，但喺 HR 界嚟講，至少我知道大部分 HR 老細對同事以身作則都應該有一定要求。

公司啲守則都係 HR 定嘅，如果你自己都唔跟規矩做嘢，咁其他人點會跟？如果有一日 HR 想話人哋冇守公司守則，但人哋撻一句「你哋 HR 啲人都係咁啦！」咁真係樣衰到一個點。無論啲 policy 幾 outdate，就算全世界都唔守，HR 都要守，雖然係有啲 on 8+1，但「以身作則」可以話係 HR 嘅潛規則。不過樹大總有枯枝，我就聽過有位 HR 朋友嘅老細對呢啲潛規則視若無睹，知法犯法。

呢位朋友叫小火龍，佢個人本身都有啲火，有咩唔啱就會講出口。話說小火龍做緊嘅青瓜公司，而家用緊嘅考勤紀錄系統比較 old school，同事除咗職員證之外都要袋多一張白卡用嚟開門，而且張卡仲要係紀錄唔到時間嘅。

終於有一日老細們開會決定要 upgrade 個系統，所有同事都要更換新型職員證。新嘅職員證會將兩張卡合而為一，變咗同事就唔再需要袋多張卡喺身。由於新證同舊嘅白卡屬於同一個系統，舊

卡依然會有效，所以小火龍一定要確保所有人都交返張舊嘅白卡返嚟，如果唔係，啲同事就可以用張舊卡嚟開門但又紀錄唔到佢哋嘅返工放工時間。

呢個大 project 交咗界小火龍做，因為公司人數唔少，為咗確保每個同事都有交返舊卡同收到新卡，當中佢花咗好多準備工夫。最後搞咗成個幾兩個月，終於所有同事都將舊卡交晒返嚟，唯獨是有一張卡佢仲未收到，就係 HR 皇呀姐張卡。

小火龍想快快脆脆搞掂個 project，有一日終於搵到個機會問皇呀姐攞返張卡。

「呀姐，我想同你收返張舊白卡。」

「舊白卡？要收嘅咩？」

小火龍心諗，你扮咩傻？個 project 你有份傾㗎！

「係呀，我全公司都收齊係差你嗰張。」

「我嗰張？我有用喎，唔會畀返你。」

「吓？有咩用？新卡都開到門呀。」

「你唔好理啦。」

小火龍聽到即刻進化成噴火龍，想噴火燒死佢，但估唔到佢老細竟然都進化成賴皮獸。

噴火龍就咁被賴皮獸擊敗咗⋯⋯

其實小火龍都估到皇呀姐想點，因為佢知道皇呀姐有遲到嘅習慣，佢應該想用舊卡開門，唔想界人知道佢遲到。作為 HR 嘅老細，就係第一個唔應該遲到嘅人，而佢所有 HR 嘅下屬都知呢件事，個個都心諗有冇韮菜？

終於紙係包唔住火，出名咩都要管一餐嘅大老細有一日要求睇下新系統個 report，話就話想了解下個系統運作成點，實情係想睇下有咩人成日遲到。大老細就發現有啲同事冇返工時間嘅紀錄，於是捉咗小火龍入房問點解。小火龍就解釋可能有啲同事冇帶卡所以冇拍卡，但皇呀姐大部分日子都冇任何紀錄，實在誇張到解釋唔到，大老細似乎已經心中有數。

話說之後有一日皇呀姐好早返工，一大早就將張舊卡擺咗喺小火龍枱面。大家估計好可能係大大老細做咗嘢，所以皇呀姐最終肯交返張卡出嚟。

以身作則係 HR 嘅常識，如果做到老細級都依然犯呢啲低級錯誤，到時東窗事發，成個 HR 就會畀你搞彎晒。想遲到就唔好做 HR，想食飯食兩個鐘都唔好做 HR，雖然有時係辛苦啲，但 HR 做壞規矩就好易成為別人話柄喇。

HR 失業做咩好？

成日都見到文章話，科技將會取代好多職業，而且好多都發生緊，例如 M 記已經唔請咁多收銀員、美國又已經有無人駕駛嘅汽車。亦有人話 HR 將會係消失嘅工種之一，因為將來 HR 系統會更加完善，重複性嘅工作，例如 payroll，甚至招聘都有可能畀電腦取代。

如果有一日 HR 呢個職業真係從地球上消失，我哋呢啲做 HR 嘅全部都畀人炒晒失晒業，有冇諗過鋪定條後路畀自己？根據 HR 做嘢嘅特質，或者你可以考慮以下幾種職業，睇下自己啱唔啱：

1. 睇相佬

做 HR 平時見人見得多，睇人都睇得準啲，絕對可以考慮去廟街擺檔幫人睇下相。啲人嚟問運程問事業就開正你嗰瓣，即刻同佢做返個 interview 先：「先生，唔該你介紹自己吖。」同佢傾幾句就知佢點解搵唔到工，仲可以加多 100 蚊提供 CV 修改服務。

2. 私家偵探

FBI 教你讀心術，HR 都一樣可以。成日做 interview 嘅 HR，一個小小嘅舉動都可以睇得出 candidate 嘅誠意。再加上平時成日

要用盡方法撬開唔講嘢嘅 candidate 把口，訓練得一身高超盤問技巧，審犯、捉姦都無難度。

3. 專業維園呀伯

HR 為咗要平衡公司同同事之間嘅利益，有時要同 candidate 傾下人工，有時要同老細傾下 budget，有時又要同啲商舖講價為同事謀福利。牙尖嘴利去到專業級，城市論壇點可以冇咗你？出咗名甚至可以試下去參選，話唔定可以做埋立法會議員呀。

4. 搬運工人

HR 出名女仔多，公司冇男同事，女仔成日都要搬運厚厚嘅 P-file，有時仲要每日幫手換水，人仔細細都有強健嘅臂彎。如果係男仔更加唔洗講，搬乜都係你㗎喇。所以做搬運工人一定冇問題，送水就最啱，強勁啲嘅紮鐵都仲得。

5.QC

HR 出得嚟行嘅，十個有九個都有完美主義病徵，幾細微嘅地方都唔會逃得過佢哋法眼。憑住佢哋完全變態級嘅細心，件 product 黐咗粒塵都會見到，轉行做 QC 一定冇得輸。

6. 扮鬼

唔少 HR 見人嘅時候都會被認為黑口黑面，嚇死 candidate 冇命賠。佢哋個樣咁得人驚，最啱 Halloween 去主題樂園扮鬼。佢哋淨係企嚟度都嚇死人，化妝錢都可以慳返。

7. 實 Q

　　經過做 HR 長年累月嘅訓練，鍛煉出「化咗灰都認得佢」嘅認人能力。做大廈實 Q 最重要嘅工作之一就係幫住客開門，佢哋包保認得晒啲住客，如果突然有團唔熟口面嘅灰飄過，佢都會識得叫佢登記。

　　結論係做 HR 嘅你唔怕失業。

　　不過呢，斷估你都唔會全職去扮鬼。HR 會唔會真係消失真係未來先知，不過如果一間公司仲有人類存在，自然會有人事問題。除非有一日地球真係開始有科幻電影入面嘅有感情機械人啦，如果唔係呢啲問題應該都仲係要交畀有血有肉嘅人類解決。重複性嘅工作難免會被取代，或者將來 HR 只係會換個形式出現，所以想為未來做好準備，就係時候要裝備自己。

4 種 HR 會遇上嘅老細

公司內部嘅主管通常就係 HR 班大客仔，你要幫佢哋請到最想要嘅人，解決到佢哋要你幫手解決嘅問題。至於公司頂頭大老細就係大客仔中嘅大客仔，呢位 Chief Executive Customer，操公司生殺大權，全公司同事嘅命運幾乎都掌握喺你同佢嘅關係之上。

老細有好多種，不過我哋冇得小心選擇。面對唔同種類嘅老細，HR 要識自己執生。

1. 好尊重你，表面上

當某啲問題跌到落 HR 有關嘅範疇，呢種老細就會笑口噬噬，好尊重你咁問下你意見。

「親，我好想聽下你嘅專業意見。」

第一次聽到呢句說話嘅時候你可能會有咁嘅幻覺：

哇，老細覺得我好專業呀～好開心呀～係愛呀哈利～

你可能會滔滔不絕咁發表自己嘅專業意見，然後好想同你老細握握手講：「有我咁嘅人材拜入你哋門下，除咗講恭喜之外都唔知

應該講咩好喇。」

點知笑口噬噬嘅老細呢個時候同你講：

「唔……我明白你嘅睇法，不過……」

Opps……「不過」之前嘅字係可以 skip 咗去的……

「不過我就覺得咁咁咁睇……就咁決定啦。」

之後你會發現自己同佢嘅溝通永遠都輪迴喺呢種模式當中，所謂聽下你嘅專業意見，都真係只係聽下。面對呢種老細，太認真你就輸了。

2. 獨孤求敗

有種老細好硬頸，永遠都要一意孤行，佢甚至唔會好似上面嗰種問你意見，自己諗到咩就要做咩。例如佢想炒一個人就會落 order 叫 HR 去炒，就算你同佢講唔炒得，犯法喎，會上庭喎，佢都大大聲堅持要炒。

唔知點解見到呢種老細，三哥嘅表情就會喺我腦海彈出嚟……

「我同你講，你贏嘅機會係零呀！嘩～我 4 條煙呀～」

而 HR 就係坐喺佢對面好冷靜嘅歐陽波比，因為你知道你底牌

係同花順……

面對獨孤求敗，佢哋都係想求敗，不過你又冇理由睇住佢死嘅，或者可以試下擇日再戰去說服下佢啦。

3. 問責之鬼

佢嘅座右銘係「問責行先，解決問題在後」。

「點解佢會唔要我哋個 offer 㗎？一定係你哋做嘢做得太慢啦！」

事實人哋心中只當我哋係 second choice。

「你同我列個時間表出嚟！我要睇下邊個做慢咗！」

其實列個時間表都要時間，不如你快快脆脆界我重新開始請人啦。面對佢哋，需要動之以理嘅說話技巧，等佢明白要做咗緊要嘢先。

4. 慳家老細

呢個慳字真係好難搞，當你老細嘅指令係慳慳慳，HR 唔單止想做咩都做唔到之餘，甚至仲要幫老細諗下點縮皮。要令到呢種老細拎錢出嚟係需要三寸不爛之舌，再外加老細相處術七重天嘅功力。呢種老細仲要幾普遍，各位，係時候一齊去修練喇。

老細種類如天上繁星，但無論你遇上邊種老細都好，都請緊記要好好維繫大家嘅關係。如果你哋關係好，喺提出對員工有利嘅政策時，老細作出讓步嘅機會就更大。同老細溝通呢門學問好高深，唔同類型嘅老細又要用唔同嘅技巧。自問唔係咩溝通專家，呢啲嘢都係留返喺 MP HR Community 嘅活動入面，搵啲專家返嚟同大家講。

　　記住：你們的關係如何，同事的命運也必如何。

甚麼是HR Business Partner?

　　HR Officer、HR Manager 呢啲 title 成日見，HR 搵工嘅時候間唔中都可能會見到有公司請 HR Business Partner (HRBP)。可能 HRBP 喺香港未太普遍，有好多 HR 朋友都問過呢個職位到底係咩嚟，有啲人甚至以為只係幫 HR 改咗個靚名。其實 HRBP 嘅工作同一般 HR 有好大分別，走訪咗幾位做 HRBP 嘅朋友，我嘗試用我嘅語言簡單咁介紹下，解開 HRBP 之謎謎謎謎謎～

　　HR Business Partner 通常係一個獨立於 HR 日常 operation 嘅職位（日常 operation 係指請人、payroll、福利、培訓等工作），佢主要嘅職責係要理解公司發展嘅策略，同時要深入唔同部門了解佢哋嘅需要，從而令佢哋嘅人力資源嘅安排配合到公司嘅發展。

　　舉個簡單例子，例如一間賣天然薯仔嘅公司，有一日發現自己係時候要改賣基因突變薯仔，HRBP 就要負責研究全盤人力資源策略。例如由於種少咗普通薯仔，就可能要諗下點樣將原本嘅人手分配去搞基因突變，又或者要諗下係咪要請多幾個基因突變專家返嚟研究，甚至要同品質檢定組研究下係咪要加強關於基因突變嘅培訓。

　　當全盤策略定好晒，佢哋就會將執行嘅任務交畀做日常

operation 嘅 HR Department，例如安排招聘、培訓等工作。

點解 HRBP 係 HR 又唔使做 HR operation 嘅工作？咁樣公平咩？公平咩？？其實因為 HRBP 需要集中去解決策略上嘅問題，所以佢哋必須從 HR operation 嘅工作中抽身出嚟。如果又要做策略又兼埋 operation，真係神都癲。所以呢啲 function 就會由返 HR Department 去支援。

以前嘅 HR Department 叫 Personnel Department，今日嘅 HRBP 又係 HR 轉變嘅一個標誌。HRBP 嘅出現，代表咗今日嘅 HR 唔應該停留喺一般 operation 嘅工作。單方面推行政策、缺乏同部門深入溝通，結果只會畀人覺得不知民間疾苦、坐喺度諗嘢，講得衰啲就係個腦畀 pat pat 坐住咗。

總括嚟講，HRBP 係一個非常有挑戰性同時係非常重要嘅職位。佢需要將部門提出嘅問題用適當嘅語言反映畀管理層聽，同時要對公司有深入嘅了解，亦要具備制訂人力資源策略嘅能力。HRBP 唔係將 HR 個名改得好聽啲咁簡單，佢係需要一個一百億能量戰士去擔任。

HR等於CS？！

　　例會呢家嘢就好似古時啲皇上上朝咁，有事嘅就行出嚟稟告皇上，冇咩事就企埋一邊等退朝。有時有人企足幾個時辰都冇嘢做，係非常浪費人力資源嘅一件事。不過，喺負責善用人力資源嘅人力資源部，唔知點解皇上特別鍾情例會呢件事，搵齊大家一齊浪費人力資源。做細嘅當然冇聲出，面對繁重嘅工作、日日 OT 嘅心情，每次例會都變成大家嘅惡夢，不過估唔到呢一日，呢個惡夢竟然變得更恐怖。

　　當皇上終於發表完佢嘅偉論，大家都諗住可以退朝之際，突然間資深同事 Oppa（Old Pat Pat Auntie）表示有事啟奏，大家心入面當然 Hi 晒 Auntie，但冇辦法啦，皇上准奏都要聽下佢講乜。

　　「啟奏皇上，最近我發現有 HR 同事對其他同事唔太禮貌，我想喺度提提大家……」

　　一聽到 Oppa 講呢啲，正打算退朝嘅大家即刻個個都醒晒。Hi Auntie！睇嚟佢想告御狀呀！當 Oppa 一提起，其實我已經知道佢想講邊件事。

　　話說有一日，隔離部門同事鐵鈎船長上嚟搵 HR 同事小飛俠，

要求小飛俠幫佢換咗張有輕微破損嘅職員證。公司規定如果同事整爛咗或者唔見咗張證就要畀少少錢換，因為如果唔係同事就唔會愛惜自己張證。小飛俠見佢張卡冇壞，損壞又好輕微，所以就建議佢繼續用住先。點知鐵鈎船長突然發爛渣，死都要小飛俠換畀佢。

「呢啲係公司嘢，點解爛咗要我畀錢？」

其實你都識講係公司嘢，即係公司財產啦，整爛咗要畀少少錢換都係好正常。不過小飛俠當然冇咁寸佢，但鐵鈎船長越講越大聲，小飛俠係有少少炆，但仍保持冷靜咁同佢解釋。

「唔好意思呀，返工嗰日其實都有同你提過呢個規定。」

但係鐵鈎船長嘅聲音更大，驚動咗坐喺附近嘅 Oppa，Oppa 當時以救世主姿態驚世現身，了解完件事之後做咗一個好「偉大」嘅決定：免費幫鐵鈎船長換咗張職員證。

小飛俠當時 O 晒嘴……點解其他同事就要錢，鐵鈎船長嘈完就可以免費？

鐵鈎船長換完張證，向小飛俠露出一絲輕蔑嘅微笑就揚帆而去。

Oppa 喺會上繼續講：「我哋 HR 其實就等於 Customer Service，係內部嘅 Customer Service，所以我哋要有禮貌咁盡力滿足佢哋要求。」

聽到呢度，真係倒抽了十口涼氣都吹唔熄大家心入面團怒火。大佬呀！就算係前線 CS，遇到無理要求一樣都可以拒絕啦。大家呢個時候都想大叫：HR 唔等於 Customer Service (CS)！

我唔能夠否認，某程度上 HR 係內部 CS，但 HR 與 CS 嘅分別在於 HR 更需要著重公平原則，一個同事有一個同事冇，我哋就已經好難做。我哋唔可以好似 CS 咁同人講，呢個係期間限定、呢個係批畀你呢位尊貴顧客嘅 special offer。HR 係一個需要尊重制度嘅部門，制度定咗自己都唔跟就形同虛設。公司守則定咗係咁就係咁，勞工法例咁寫就咁寫，有時有啲地方係唔可以讓步。面對同事，當然禮貌係要有，態度係要好，但有時面對無理要求，我哋唔可能好似顧客咁遷就對方，甚至打破一啲規矩去滿足佢哋。

後尾呢個例會演變成一場小戰爭，小飛俠同其他同事都加入辯論，個會又延續咗半個時辰。可能個會開得太長嘅關係，今次輪到皇上頂唔順，最後佢打圓場，話就咁算，下次跟返規矩做嘢。呢個算係 80+90 後 Vs Oppa 嘅一場小勝仗，不過開完會，呢晚大家又要 OT 得再夜啲喇。

唔專業嘅 HR
係可以害人一世

喺好多人嘅印象當中，HR 嘅工作係有啲似 Admin，大家都係坐 office 處理下啲文書工作，只不過 HR 好似專業少少，要識多啲法例咁。如果你真係覺得只係「專業少少」，少年你就真係太年輕了，因為唔夠專業，HR 係可以害人一生。呢篇文章，無論係做緊 HR 或者準備做 HR 嘅你，請你一定要睇。

HR 可能同好多其他行業嘅打工仔一樣，都係打份工、逗份糧，未必諗過會點樣幫到人，又甚至唔覺得會害到人。但 HR 其實唔係一份普通嘅工，做得好你可以幫到好多人，做得唔好，可能害咗人你都唔知，今日等我講個故事畀大家聽。

呢日有一位求職者叫恐龍哥，佢嚟到薯仔公司見工，由 HR 同事林吱吱負責接見。林吱吱出名林吱吱，睇到佢個樣就知佢冇乜殺傷力，應該冇咩求職者會驚佢。

恐龍哥外表係一位粗獷型男士，睇佢身型平時都應該係兼職打老虎，毫無疑問一拳可以收我皮。嚟到 HR 呢個地方，恐龍哥表現有點溫純又帶點戰戰兢兢，佢嘅表現同外形構成咗一種強烈嘅違和感。

「恐龍哥請入嚟吖。」

林吱吱入到 interview 房，講完基本開場白後，佢留意到恐龍哥好似有啲唔係好妥。

入到房只係 30 秒左右，恐龍哥呢個時候已經滿頭大汗，大粒大粒咁開始想滴落嚟；同時佢隻手開始震，林吱吱睇到嚇一嚇，心諗佢係咪心臟病發，於是就關心下佢咩事：

「恐生，你冇事吖嘛？」

恐龍哥露出苦澀嘅笑容，口窒窒咁回應，而隻手都不忘繼續震。

「冇……冇咩……我……好……好緊張。」

林吱吱心諗真係未見過人緊張到咁誇張，於是用充滿愛心又溫柔嘅聲線去安慰佢：

「哦……冇咩嘅，我哋當傾下計得㗎喇，你放鬆啲啦。」

聽到呢句恐龍哥總算定返啲，個口開始可以正常咁運作。

「唔好意思……我見親 HR 都好緊張……因為我曾經有一次好差嘅經歷。」

冷靜落嚟嘅佢繼續講：

「十年前，我見第一份工時，有個 HR 好恐怖，佢不停咁鬧我唔夠班、乜都唔識又冇經驗，問我憑咩要呢個人工。畀佢鬧完之後原本以為冇機會，但點知佢隔咗幾日打嚟話請我，亦都畀咗我當時要求嘅人工。到簽約嗰日，呢個 HR 負責同我簽約，但佢一路簽一路鬧，仲繼續話我冇資格要呢個價。從此之後，我免得過都唔想搵工唔想轉工，因為真係好怕見 HR。」

林吱吱心諗我個樣咁善良都嚇到你，心理陰影面積應該真係好大。最後林吱吱好友善咁同佢傾，恐龍哥總算順利完成咗個面試，希望今次嘅經驗可以稍為消除佢嘅陰影啦。

我唔知點解當時個 HR 要咁做，相信佢都唔知自己幾句說話就畀咗個十年嘅心理陰影人哋。恐龍哥因為呢份陰影，連轉工嘅勇氣都失去，喺事業上可能已經因此錯失唔少機會，影響咗佢呢 10 年嘅人生。

你可以話恐龍哥心理質素較差、欠缺自信所以先會自己嚇自己。但我哋有必要為別人製造呢種不必要嘅陰影嗎？雖然我哋可能只係一間公司嘅薯仔，但我哋 HR 嘅工作永遠都同人有關，尤其特別影響人哋嘅事業，而事業係佔咗每個人人生好大、好重要嘅部分。其實做一次 interview、出一個 offer、講嘅每一句說話都可能

影響緊別人嘅人生。所以，唔好諗住呢份不過係普通嘅文職工作，
對呢個世界冇乜影響。

 請大家尊重自己嘅工作，尊重別人嘅人生，做個專業嘅
HR。

後記

　　記得有一段時間，我喺「HR 小薯蓉」Facebook Page 嘅更新好疏落，腦閉塞到唔知寫咩好，甚至有諗過停一停抖一抖。不過，總有人喺適當嘅時候支持我繼續寫落去，例如有網友睇完第一集 inbox 我話學到好多嘢，叫我唔好停止更新；又有網友留言喺一啲比較少 likes 嘅 HR 實用文章上，話學到嘢想知多啲；然後又有好多網友 inbox 我討論 HR 有關嘅問題，呢啲一點一滴嘅支持，都係我堅持寫落去嘅動力。

　　喺寫《我係邪惡 HR》第一集嘅時候，要喺來回地獄又折返人間嘅工作當中，抽時間管理 Facebook Page、寫專欄，再加上寫書，呢段日子我已經買過好多張來回地獄人間嘅特急車票。喺編輯

問我會唔會寫第二集嘅時候，我係有猶豫過，擔心今次買咗單程票返唔到嚟。最後完成到《我係邪惡 HR 2 之成魔之路》，要多謝編輯梁卓倫先生對我交稿時間嘅高超忍耐力，亦要多謝幫我寫序嘅 Kenneth，喺呢年佢教識我好多嘢。一定要多謝一班為我提供創作靈感嘅同行朋友，特別多謝 A 先生喺 HR 專業知識上畀我嘅意見。唔少得一定要多謝成日幫我買回程票返人間嘅準薯太太。

正如我喺序所講，嚟緊我會花更多時間喺 MP HR Community，參與更多服務呢個行業、連繫 HR 嘅工作上面，希望大家繼續支持！謝謝！

我係邪惡HR 2 成魔之路

著者
HR 小薯蓉

責任編輯
梁卓倫

裝幀設計、排版
楊愛文

印務
劉漢舉

出版
非凡出版
香港北角英皇道 499 號北角工業大廈 1 樓 B
電話：（852）2137 2338　傳真：（852）2713 8202
電子郵件：Info@chunghwabook.com.hk
網址：http://www.chunghwabook.com.hk

發行
香港聯合書刊物流有限公司
香港新界大埔汀麗路 36 號
中華商務印刷大廈 3 字樓
電話：（852）2150 2100　傳真：（852）2407 3062
電子郵件：info@suplogistics.com.hk

印刷
美雅印刷製本有限公司
香港觀塘榮業街 6 號海濱工業大廈 4 樓 A 室

版次
2018 年 10 月初版
©2018 非凡出版

規格
32 開（208mmX142mm）

ISBN
978-988-8571-30-7